ALFAGUARA ES TU COLECCIÓN

Nos encantaría contar contigo para seleccionar los títulos que más te gusten. Cuéntanos qué te ha parecido este libro y cuáles son los temas sobre los que te gusta leer. Envíanos tu opinión junto con el título del libro, tu nombre, dirección, fecha de nacimiento y teléfono a:

**Alfaguara Infantil y Juvenil.
C/ Torrelaguna, 60. 28043 Madrid**

Si eres menor de 18 años, es necesario que tus padres autoricen el uso de tus datos, según explicamos más abajo, firmando en la carta que nos envíes (indicando su nombre y NIF, por favor).

Los datos personales facilitados serán incorporados al fichero automatizado registrado en la A.P.D. con el número 202050171, cuya titularidad y responsabilidad corresponde a Santillana Ediciones Generales, S. L, que tomará las medidas necesarias para garantizar su confidencialidad, usándolo para realizar comunicaciones y ofertas comerciales de sus productos y servicios, así como de las empresas del Grupo empresarial al que pertenece, fundamentalmente en el ámbito editorial, de formación y educación, ocio y medios de comunicación. Se podrán ejercitar los derechos de acceso, rectificación, oposición y cancelación dirigiéndose por escrito a Dpto. de Atención a Clientes en Torrelaguna, 60, 28043 Madrid. Gracias.

Antología
Los mejores relatos
fantasmagóricos
Selección, prólogo y notas de Juan José Plans

M.R. James
Rudyard Kipling
Sheridan Le Fanu
Charles Dickens
G. A. Bécquer
Oscar Wilde
Ambrose Bierce

ALFAGUARA
SERIE ROJA

ALFAGUARA

www.alfaguarainfantilyjuvenil.com

© de esta edición:
2008, Santillana Ediciones Generales, S. L.
Torrelaguna, 60. 28043 Madrid
Teléfono: 91 744 90 60
© Selección, prólogo y notas: Juan José Plans
© Sheridan Le Fanu: «El fantasma de la señora Crowl» del libro *La mano fantasma y otras narraciones,* traducido por Miguel Jiménez Taurina, Abraxas, 2003.
© Ambrose Bierce: «Una carretera iluminada por la luna», traducido por Javier Sánchez García-Gutiérrez, Valdemar, 1996.
© Charles Dickens: «El guardavía» traducción de Rafael Lassaletta, Valdemar, 1998.
© Oscar Wilde: «El fantasma de Canterville», del libro *El fantasma de Canterville y otros cuentos,* traducido por Julio Gómez de la Serna, Alianza Editorial, 2003.
© Gustavo Adolfo Bécquer: «Maese Pérez el organista», del libro *Leyendas,* Espasa-Calpe, 1998.
© Rudyard Kipling: «La litera fantástica», del libro *Obras escogidas,* Aguilar, 1958.
© M.R. James: «Silba y acudiré», del libro *Trece historias de fantasmas,* traducido por Francisco Torres Oliver, Alianza Editorial, 1973.

• Ediciones Santillana, S.A. Leandro N. Alem 720
C1001AAP - Ciudad de Buenos Aires. Argentina
• Editorial Santillana, S. A. de C. V.
Avda. Universidad, 767. Col. Del Valle,
México D.F. C.P. 03100
• Distribuidora y Editora Aguilar, Altea, Taurus, Alfaguara, S. A.
Calle 80, nº 10-23. Bogotá. Colombia

ISBN: 978-84-204-6569-2
Depósito legal: M-12.003-2008
Printed in Spain - Impreso en España por
Unigraf, S. L., Móstoles (Madrid)

Cuarta edición: marzo 2008

Diseño de la colección: ENLACE
Cubierta: JESÚS SANZ
Maquetación: JAVIER GUTIÉRREZ, DAVID RICO
Editora: MARTA HIGUERAS DÍEZ

Queda prohibida, salvo excepción prevista en la ley,
cualquier forma de reproducción, distribución,
comunicación pública y transformación de esta obra
sin contar con la autorización de los titulares de la propiedad
intelectual. La infracción de los derechos mencionados
puede ser constitutiva de delito contra la propiedad
intelectual (arts. 270 y sgts. del Código Penal).

Antología
Los mejores relatos
fantasmagóricos

Prólogo

Si nunca tuviste miedo, lo experimentarás tan pronto como empieces a leer estas historias sobrenaturales, escritas para que sientas una angustia perturbadora. Sería una lástima que no te lo pasaras «de miedo con miedo», pues estos relatos son ¡de los mejores! del género.

La literatura fantástica comenzó a desarrollarse en el siglo XVIII. Pertenecientes a este género son las siguientes «ghost stories» o relatos de fantasmas, que alcanzaron su apogeo a finales del XIX, esplendor que duró hasta el primer cuarto del siglo XX.

Las historias de esta antología surgieron en la edad de oro de la «ghost story», exceptuando la de nuestro Bécquer, algunos años anterior. Pero hubiera sido extraño no contar con el espectro de *Maese Pérez el organista*.

Algunas están escritas por autores especialistas en la «*ghost story*», como Joseph Sheridan Le Fanu, Ambrose Bierce o Montague Rhodes James. Otras fueron de escritores que destacaron en otros géneros pero que también cultivaron este, como Charles Dickens, Oscar Wilde, Bécquer o Rudyard Kipling.

Con su imaginación, estos autores atraen fantasmas para que se hagan su propio hueco en nuestras vivencias. Fantasmas hubo siempre y siempre los habrá, aunque no a todos se nos aparecen...

A **Joseph Sheridan Le Fanu** se le puede considerar el verdadero creador de la «ghost story», si bien es cierto que el precursor fue Edgar Allan Poe. Con Le Fanu se fueron abandonando aquellas historias de fantasmas tan del agrado de los románticos, que daban miedo sólo con la descripción del castillo en que se desarrollaban. Y decidió hacerlo cuando percibió una saturación de fantasmas arrastrando pesadas y sonoras cadenas.

Así pues, Le Fanu eligió lugares propios de los lectores, como sus pueblos o sus casas, para introducir en ellos lo sobrenatural. De esta forma, consiguió acercar la sensación de peligro, que podía darse en cualquier parte y no necesariamente en parajes tenebrosos. Nadie, por lo tanto, ni en su propio hogar, puede ya creerse a salvo de la amenazadora presencia de un fantasma, siempre con malas intenciones, pues todos conocemos la creencia primitiva del odio que los muertos sienten hacia los vivos.

El fantasma de la Señora Crowl es uno de los mejores cuentos de fantasmas de Le Fanu, y también uno de los más populares y elogiados por los lectores. Encabeza por ello esta antología y también en homenaje al creador de la «ghost story».

Montague Rhodes James, quien tanto admiró y rescató del olvido a Le Fanu, cierra la antología. Con él, los cuentos de fantasmas alcanzaron su máximo esplendor, y se abrieron nuevos caminos que han recorrido muchos escritores de la época y actuales.

En su obra *¡Silba y acudiré!* se encuentran todos los elementos que caracterizaron y diferenciaron su obra, llena de presencias fantasmales de porte distinto, como la patética monstruosidad de este cuento, con un «horrible rostro de trapo arrugado». Pero no debes confundirla con las criaturas dotadas de invisibilidad que aparecen en relatos de otros autores. No son lo mismo. M. R. James fue un maestro del humor. El humor brillaba por su ausencia en la novela gótica, desde su primera manifestación. Y aunque parezca paradójico, para el terror es fundamental contar con unas gotas de humor, que puede ser «negro». El humor hará más creíble, y más soportable, lo increíble. M.R. James lo tuvo en cuenta, al igual que Bierce, que fue todavía más mordaz.

Ambrose Bierce fue el maestro de lo macabro. En *Una carretera iluminada por la luna* nos ofrece una historia que, de no ser por lo trágicamente horrible que resulta, podría tomarse como «una broma pesada». De especial interés en ella, porque es raro de encontrar en las «ghost stories», es el testimonio que uno de los personajes da a través de un médium, un curioso método que existe en la «realidad», o mejor dicho en la «no ficción», para comunicarse con los fantasmas.

Pero lo más destacable de Bierce es el modo en que logra espeluznarnos en un paraje abierto. Algo que también logra Dickens en el relato incluído, aunque su escenario sea algo más claustrofóbico.

Charles Dickens hizo de *El guardavía* su relato más logrado de cuantos escribió adentrándose en lo fantasmagórico. Como es sabido, no fue un escritor especializado en la literatura fantástica. Pero, al cultivar este género, no pudo menos que mostrarse todo un experto. Por alguna razón, lo sobrenatural le había interesado desde niño, así que escribió sobre fantasmas, los hizo salir a escena en algunas de las representaciones de su propia compañía teatral y nunca estuvieron ausentes en sus charlas.

Oscar Wilde fue otro de los escritores que demostró unas cualidades extraordinarias para el humor en la más conocida de sus «ghost stories». El ingenio impera en *El fantasma de Canterville*, el más clásico de los cuentos de esta antología, al corresponder su espectro al típico y tópico modelo de aparición. Sin embargo, ¿no es un fantasma atípico aquel que acaba teniendo miedo? Y no es extraño que su «salvación» nos evoque el mito de *La Bella y la Bestia*, pues a Oscar Wilde siempre le atrajeron los cuentos populares, ese mundo irreal y fantástico al que él aportó historias asombrosas como las de *El príncipe feliz* o *Una casa de granadas*.

Gustavo Adolfo Bécquer dibujó con sus letras otro fantasma atípico en *Maese Pérez el organista*, una leyenda tan impregnada de gran romanticismo como las demás de este insigne autor. A pesar de que los espectros son siempre temidos, en este caso su presencia es deseada, en el fondo.

Rudyard Kipling aún va más lejos que Ambrose Bierce o Charles Dickens, pues si éstos son capaces de horrorizarnos en nocturnos parajes abiertos, él lo hará a pleno sol. Es un terror parecido al que Steven Spielberg nos ofrece en *Tiburón*, película basada en la novela homónima de Peter Benchley, o al de *El diablo sobre ruedas*, con guión de R. Matherson. En este relato de Kipling descubrirás que no sólo hay fantasmas de personas, sino también de cosas.

Cada uno es muy libre de creer o no creer en fantasmas. Pero los que a continuación se te aparecerán, en los momentos y en los lugares más insospechados, no te dejarán impasible...

JUAN JOSÉ PLANS

El fantasma de la señora Crowl
Sheridan Le Fanu

Traducido por Miguel Jiménez Taurina

El fantasma de la señora Crowl

La costumbre de un contador de historias se remonta a aquellos tiempos en los que no había ni radio ni televisión. Entonces, los abuelos, en las largas noches, encandilaban con sus historias y entre las que narraban, figuraban algunas truculentas relacionadas con fantasmas y tipos así.

Sheridan Le Fanu utilizó la figura del presentador-narrador para varias historias, como la de *El fantasma y el curandero*. Éste le sirvió de hilo conductor en muchas de ellas. Es el papel que juega el doctor Martin Hesselius en *In a Glass Darkly*, que reúne sugestivos relatos: *Té verde*, *El familiar*, *Carmilla*, *El juez Harbottle* y *La Posada del Dragón Volador*.

Leer *El fantasma de la señora Crowl* (1870) es volver a aquellos tiempos de historias truculentas, contadas una y otra vez como si fuera la primera, y escuchadas con atención. Esta historia tiene «un buen escenario» además de curiosos personajes como Laura, una bonita muchachita, y la señora Jenner. Ambas se disponen a pasárselo «de miedo con miedo» en cuanto la anciana señora Jolliffe comience a relatar qué ocurrió en la mansión en la que servía cuando era una jovencita.

Para el huraño y solitario Le Fanu, sus novelas y cuentos son un espejo en el que mirarse. Cuando creía ser acechado por fuerzas malignas de ultratumba, recluido en su casa de Dublín, que temía se derrumbara sobre él, publicó la obra que ahora vas a leer. Una historia terrible pero llena de humorismo. Fue M. R. James quien rescató este relato del olvido, publicando una selección de los cuentos de Le Fanu en 1923, con la que nos hemos estremecido imaginando la «sonrisa maligna» de la señora Crowl. Tal vez hayas oído ya este relato a alguno de los *cuentacuentos* de hoy día.

J.J.P.

*H*an pasado veinte años desde que por última vez vieron la figura alta y esbelta de la señora Jolliffe. Ahora ha dejado atrás los setenta, y no pueden faltar muchos jalones que marquen su viaje hasta su hogar definitivo. Su cabello, partido en crencha por la mitad bajo su gorro, sobre su rostro de aire perspicaz, pero afable, se ha vuelto blanco como la nieve. Pero su figura sigue erguida, y su modo de andar ligero y vivaz.

En estos últimos años se ha hecho cargo de enfermos adultos, y ha cedido a manos más jóvenes a la gente menuda que habita en cunas y se desplaza a gatas. Aquellos que recuerdan su cara bondadosa entre las primeras que emergen de las tinieblas de la indiferenciación, y que le deben sus primeras lecciones en el conocimiento del andar, y que conservan un deleitado aprecio de los primeros parloteos y los primeros dientes, han espigado, convirtiéndose en mocetones y damiselas. Algunos de ellos tienen ya estrías blancas en sus bucles castaños, en aquel bonito pelo dorado que ella se sentía tan orgullosa de cepillar y de mostrar a madres admirativas a las que ya no se ve en los céspedes de Golden Friars y cuyos nombres están ahora grabados en las lápidas grises del cementerio.

14

El tiempo, pues, va madurando a algunos, y marchitando a otros; y ha llegado la hora entristecedora y tierna del crepúsculo; y anochece ya para la simpática anciana del norte que crió a la bonita Laura Mildmay que ahora entra en la habitación, sonríe encantada, y echa los brazos al cuello de la anciana, y la besa dos veces.

—¡Vaya, qué suerte! —dijo la señora Jenner—. Has llegado justo a tiempo para oír un cuento.

—¿De veras? Es estupendo.

—¡No, no, nada de eso! No es un cuento, es cosa muy cierta, yo la vi con mis propios ojos. Pero a esta muchachita no le gustará, a estas horas, justo antes de irse a dormir, oír cosas de espectros y aparecidos.

—¿Fantasmas? Es precisamente de lo que más me gusta oír.

—Bien, querida —dijo la señora Jenner—, si no tienes miedo, siéntate aquí con nosotras.

Estaba a punto de contarme algo sobre la primera vez que atendió a una moribunda —añadió la señora Jenner—, *y sobre el fantasma que vio entonces. Ahora, señora Jolliffe, tómese primero su té, y luego cuente.*

La buena mujer obedeció, y, tras prepararse una taza de ese néctar reconfortante y haber tomado unos sorbos, frunció levemente el entrecejo, mientras ordenaba sus ideas, y luego alzó la mirada, con una expresión chocantemente solemne, dispuesta a empezar.

La buena de la señora Jenner, así como la linda muchacha, miraban expectantemente el rostro de la anciana, la cual parecía hacer acopio de horrores con los recuerdos que estaba invocando.

La vieja habitación era un buen escenario para una narración como aquella, con su enmaderado de roble, su mobiliario extraño y tosco, sus vigas cruzando el techo, y su alta cama de cuatro pilares con cortinajes oscuros, dentro de los cuales uno podía imaginarse cuantas sombras quisiera.

La señora Jolliffe se aclaró la voz, miró a su alrededor haciendo girar circularmente los ojos en sus órbitas, y empezó su historia con estas palabras:

El Fantasma de la señora Crowl

—Ahora soy vieja, y acababa de cumplir los trece la noche que llegué a Applewale House. Mi tía era allí el ama de llaves, y en Lexhoe me esperaba un carromato de un caballo para llevarme, con mi equipaje.

Estaba un poco asustada cuando llegué a Lexhoe, y, cuando vi el carromato y el caballo, tuve deseos de volver con mi madre en Hazelden. Estaba llorando cuando subí al carro, y el viejo John Mulbery, que lo conducía, y que era hombre de buen corazón, me compró unas cuantas manzanas en El León de Oro para animarme un poco; y me dijo que me estaban esperando un pastel de grosella, y té, y chuletas, todo caliente, en la habitación de mi tía, en la casa grande. Era una hermosa noche de luna, y me comí las manzanas mientras miraba por la ventana del carro.

Es vergonzoso que hombres mayores asusten a una pobre niña tonta como era yo. A veces pienso que podían ser bromas. Había dos en mi compartimento, en el tren. Y al caer la noche, cuando salió la luna, me preguntaron adónde iba. Bueno, les conté que iba a servir a la señora Arabella Crowl, de Applewale House, cerca de Lexhoe.

—¡Ja! Entonces —dijo uno de ellos—, ¡no te quedarás ahí mucho tiempo!

Le miré como preguntándole «¿por qué?», ya que, cuando les había dicho adónde iba, lo había hecho como si estuviera diciendo algo ingenioso.

—Ya verás —dijo él—, y por tu vida no lo cuentes a nadie; sólo espera y verás... Está poseída por el demonio, y es un fantasma más que a medias. ¿Tienes una Biblia?

—Sí, señor —dije; ya que mi madre había puesto mi pequeña Biblia entre mis cosas, y sabía que allí la tenía; es más, sigo teniéndola, aunque su letra es demasiado pequeña para mis viejos ojos.

Cuando alcé la mirada al decir «sí, señor», me pareció verle hacer un guiño a su compañero, aunque no estoy segura.

—Bueno —dijo él— asegúrate de que la tienes bajo la almohada cada noche, porque mantendrá apartadas de ti las garras de la vieja.

¡Qué susto tuve cuando oí eso! ¡Ya pueden imaginárselo! Hubiera querido hacerle un montón de preguntas sobre la anciana dama, pero era demasiado tímida, y él y su compañero se pusieron a hablar de sus cosas, y así siguieron hasta que me apeé, como ya he dicho, en Lexhoe. Se me cayó el alma a los pies cuando el carromato entró en la oscura avenida del parque. Los árboles eran muy gruesos y altos, casi tan viejos como la vieja casa; cuatro personas, con los brazos extendidos y las puntas de los dedos rozándose, apenas hubieran abarcado el tronco de alguno de ellos.

Bueno, yo había sacado la cabeza por la ventana, con el cuello estirado, esperando echarle el primer vistazo a la gran casa; y de repente nos detuvimos justo delante de ella.

Era una gran casa, blanca y negra, con grandes maderos negros horizontales y verticales, y gabletes que sobresalían, blancos como una sábana a la luz de la luna, y sombras de unos árboles, dos o tres que había delante de la casa, de los que se hubieran podido contar las hojas, y con pequeños cristales en forma de diamante brillando en la gran ventana del salón, y grandes postigos al antiguo estilo engoznados en la parte exterior del muro tapando todas las demás ventanas de la fachada, porque en la casa había sólo tres o cuatro sirvientes, aparte de la anciana dama, y la mayor parte de las habitaciones estaban cerradas.

Se me subió el corazón a la garganta cuando vi que el viaje había terminado, y vi aquella gran casa delante de mí, y que estaba tan cerca de mi tía, a la que no había visto nunca, y de la señora Crowl, a la que iba a servir y que ya me daba miedo.

Mi tía me besó en el vestíbulo y me llevó a su habitación. Era una mujer alta y delgada, de cara pálida y ojos negros, con manos largas y finas metidas en mitones negros. Pasaba de los cincuenta, y hablaba de modo cortante; pero su palabra era ley. No tengo quejas contra ella; pero era una mujer dura, y pienso que hubiera sido más afectuosa conmigo si yo hubiera sido hija de su hermana en vez de serlo de su hermano. Pero ahora nada de esto importa.

El hacendado (se llamaba señor Chevenix Crowl, y era nieto de la señora Crowl) iba allí como dos o tres veces al año, para asegurarse de que la vieja dama estuviese bien cuidada. Sólo le vi dos veces mientras estuve en Applewale House.

No puedo decir que no se la cuidase bien, de todos modos; pero eso era porque mi tía y Meg Wyvern, que era su doncella, tenían conciencia, y cumplían con su deber hacia ella.

La señora Wyvern (mi tía la llamaba Meg Wyvern, pero a mí me la mencionaba como señora Wyvern) era una mujer gruesa y alegre, de cincuenta años, de considerable altura y anchura; estaba siempre de buen humor y andaba despacio. Tenía un excelente salario, pero era un poco avara, y guardaba bajo llave su mejor ropa y llevaba, la mayor parte de las veces, un vestido asargado color chocolate, con adornos rojos, amarillos y verdes, que le duraba asombrosamente.

Nunca me dio nada, ni un humilde dedal de latón, en todo el tiempo que estuve allí; pero siempre estaba de buen humor, y reía, y hablaba hasta por los codos mientras tomábamos el té; y viéndome tan cándida y tan apocada, me animaba con su risa y con sus historias; y creo que me caía mejor que mi tía..., ya que es fácil ganarse a una criatura con algunas bromas o historias…, a pesar de que mi tía era muy buena conmigo; pero era una mujer severa en algunas cosas, y siempre estaba silenciosa.

Mi tía me llevó a su dormitorio, para que yo pudiera descansar un rato mientras ella preparaba el té en su habitación. Pero antes me dio unos golpecitos en la espalda, y dijo que estaba alta para mi edad, y que había espigado bien, y me preguntó si sabía hacer el trabajo de la casa y coser; y me miró a la cara, y dijo que era igual que mi padre, su hermano, que había muerto, y que esperaba que yo fuera mejor cristiana, y que no hiciera ninguna de aquellas diabluras.

Era duro decir aquello la primera vez que entraba en su habitación, pensé yo.

Cuando fui a la habitación contigua, la del ama de llaves (muy confortable toda ella, de roble), ardía un buen fuego de carbón, y turba, y leña, todo amontonado, y había té en la mesa, y pastel caliente, y carne humeante; y allí estaba la señora Wyvern, gorda, jovial, hablando más en una sola hora que mi tía en un año.

Mientras yo estaba aún con mi té, mi tía subió a ver a la señora Crowl.

—Ha subido a ver si la vieja Judith Squailes está despierta —dijo la señora Wyvern—. Judith hace compañía a la señora Crowl cuando yo y la señora Shutters (así se llamaba mi tía) no estamos con ella. Es una vieja de cuidado. Hay que ir con mucho ojo con la señora, porque si no se caería al fuego, o por la ventana. Es una atolondrada, vaya si lo es, aun siendo vieja.

—¿Cuántos años tiene, señora? —pregunté.

—Ha cumplido los noventa y tres, y de eso hace ya ocho meses —dijo ella; y se rió—. Y no hagas preguntas sobre ella delante de tu tía... Hazme caso; tómatela tal como es, y eso es todo.

—¿Y cuál será mi trabajo con ella, señora, por favor? —dije.

—¿Con la vieja señora? Bueno —dijo ella—, tu tía, la señora Shutters, te lo explicará; pero supongo que tendrás que estar en su habitación, haciendo labor, y vigilar que no pase nada malo, y dejar que la señora se divierta en la mesa con sus cosas, y llevarle de comer o de beber cuando lo pida, y evitar que le pase alguna desgracia, y hacer sonar fuerte la campanilla si se pone muy pesada.

—¿Es sorda, señora?

—No, ni ciega —dijo ella—; viva como una ardilla, aunque chochea y no puede acordarse claramente de nada; y lo mismo le dan la corte del rey o los asuntos de la nación que Blancanieves o el Gato con Botas.

—¿Y por qué se marchó esa chica, señora, esa que se fue el pasado viernes? Mi tía escribió a mi madre que se marchaba.

—Sí; se ha marchado.

—¿Por qué? —insistí.

—Supongo que no contestó a la señora Shutters —dijo ella—. No lo sé. No seas parlanchina; tu tía no soporta a las niñas parlanchinas.

—Dígame, señora, por favor, ¿la vieja señora está bien de salud? —dije yo.

—No hay nada de malo en preguntar esto —dijo ella—. Estos últimos tiempos ha estado un poco aletargada, pero mejoró la semana pasada, y yo diría que llegará a cumplir los cien. ¡Silencio! Tu tía viene por el pasillo.

Entró mi tía, y se puso a hablar con la señora Wyvern, y yo, que me sentía más confortada y más como en casa, me paseé por la habitación, mirando esto y aquello. Había bonitos objetos de porcelana en el aparador, y cuadros en las paredes; y había una puerta abierta en el enmaderado, y vi una extraña chaqueta vieja de cuero, con cintas y lazos, y con unas mangas tan largas como el poste de cama, que colgaba en el interior.

—¿Qué estás haciendo, chiquilla? —dijo mi tía, bastante tajantemente, volviéndose hacia mí cuando yo menos imaginaba que me prestase atención—. ¿Qué tienes en la mano?

—¿Esto, señora? —dije yo, volviéndome con la chaqueta de cuero entre las manos—. No sé qué es esto, señora.

Aun siendo tan pálida, se le pusieron rojas las mejillas, y sus ojos se encendieron de ira, y creo que si sólo hubiese tenido que dar media docena de pasos para llegar hasta mí me hubiera dado una tunda. Pero sólo me sacudió por el hombro, me quitó bruscamente aquello de las manos, y dijo:

—Mientras estés aquí, no toques nada que no te pertenezca.

Y colgó la chaqueta en su gancho, cerró de un portazo, y echó la llave.

Durante todo aquel rato, la señora Wyvern estuvo levantando los brazos y riéndose, tranquilamente, en su asiento, revolviéndose un tanto en él, como solía hacer cuando se divertía.

Yo tenía lágrimas en los ojos; y ella le hizo un guiño a mi tía, y dijo, enjugándose los ojos, humedecidos por la risa:

—Vamos, vamos, la niña no quería hacer nada malo... Ven aquí, chiquilla. Eso era solamente un par de muletas para gansos cojos; y no nos hagas preguntas, hazme caso, y a cambio no te diremos mentiras; ven aquí y siéntate, y bébete una jarra de cerveza antes de irte a dormir.

Mi habitación, fíjense bien, estaba en la planta superior, junto a la de la anciana dama, y la cama de la señora Wyvern estaba junto a la suya, en su habitación; y yo debía estar preparada por si me llamaban, en caso de necesidad.

La anciana dama, aquella noche, como parte del día anterior, estaba en uno de sus berrinches. Solía tener ataques de mal humor. A veces no permitían que la vistieran, otras veces no permitía que la desvistieran. En su tiempo, según decían, había sido hermosísima. Pero no había nadie en Applewale que la recordara en la plenitud de la vida. Y tenía una afición tremenda a la ropa, y tenía prendas de seda, y de raso, y de terciopelo, y tenía lazos, y toda clase de cosas, en cantidad suficiente para montar por lo menos siete tiendas. Toda su ropa era anticuada y extraña, pero valía una fortuna.

Bueno, pues me fui a la cama. Estuve un rato despierta, porque todo era nuevo para mí; y creo que el té me había afectado los nervios, ya que no estaba acostumbrada a tomarlo, salvo de vez en cuando, en días de fiesta o en ocasiones especiales. Y oí hablar a la señora Wyvern, y escuché, haciendo pantalla con la mano junto a la oreja; pero no pude oír a la señora Crowl, y pienso que no dijo ni palabra.

Se la trataba con mucho esmero. La gente, en Applewale, sabía que cuando muriese todos quedarían sin trabajo; y allí tenían poco trabajo, y bien remunerado.

El médico venía dos veces por semana a visitar a la anciana dama, y estén seguras de que todos hacían lo que él ordenaba. Había una cosa que, repetía cada vez: no había que contrariarla o irritarla de ningún modo, había que seguirle el humor y complacerla en todo.

Así que se pasó toda aquella noche sin desvestir, y el día siguiente no dijo ni palabra, y yo me pasé todo el día con mi costura, en mi habitación, salvo cuando bajé a comer.

Me hubiera gustado ver a la anciana dama, e incluso oírla hablar. Mas por entonces, en lo que a mí tocaba, igual hubiera podido estar en la Luna.

Después de la comida mi tía me mandó que fuera a pasear durante una hora. Me sentí contenta al volver: los árboles eran tan grandes, y el sitio tan sombrío y solitario, y el día estaba tan nuboso... Lloré mucho, pensando en mi casa, mientras paseaba sola por allí. Aquella noche, cuando yo estaba sentada en mi habitación, las velas de la habitación de la señora Crowl estaban encendidas; mi tía estaba con ella, y la puerta de la habitación de la señora estaba abierta. Fue entonces cuando, por primera vez, oí, según supongo, hablar a la señora.

Fue un ruido extraño, no podría decir de qué clase, algo así como hecho por un pájaro, o un animal; había en él algo que recordaba un balido, y era muy tenue.

Agucé el oído para oír todo lo posible. Pero no pude distinguir ni una sola palabra de lo que decía. Mi tía contestó:

—El Maligno no puede hacer daño a nadie, señora, a menos que Dios lo permita.

Entonces la extraña voz, desde la cama, dijo algo más que no pude entender en absoluto.

Y mi tía contestó de nuevo:

—Que hagan lo que quieran, señora, y digan lo que quieran; si el Señor está de nuestro lado, ¿qué podemos temer en contra nuestra?

Seguí escuchando, con el oído vuelto hacia la puerta, pero no me llegó ningún otro sonido de aquella habitación. Al cabo de unos veinte minutos, mientras yo, sentada junto a la mesa, miraba las ilustraciones de un libro con las fábulas del viejo Esopo, percibí que algo se movía en la puerta, y, cuando alcé la mirada, vi la cara de mi tía asomada en la puerta, con la mano levantada.

—¡Shhh! —dijo, muy bajito; y se me acercó de puntillas, y me dijo, en susurro:

—Gracias a Dios, por fin se ha dormido, así que no hagas ningún ruido hasta que yo vuelva, porque voy abajo a tomarme una taza de té, y luego volveré... con la señora Wyvern, y ella se quedará a dormir en la habitación, y tú podrás bajar cuando nosotras subamos, y Judith te dará la cena en mi habitación.

Y tras decir esto se marchó.

Seguí mirando las ilustraciones del libro, como antes, escuchando de vez en cuando; pero no hubo ningún sonido, ni un aliento, que yo pudiera oír; y me puse a hablar en susurros con las ilustraciones, y a hablarme a mí misma para mantener el ánimo, ya que estaba empezando a sentir miedo en aquella habitación tan grande.

Y finalmente me puse en pie, y me paseé por la habitación, mirando esto y echándole un vistazo a aquello, para distraerme, ¿entienden? Y, finalmente, ¿qué hice?, pues asomarme al dormitorio de la señora Crowl.

Era una habitación espléndida, con una gran cama de cuatro postes, con cortinas de seda floreadas que llegaban hasta el techo y caían hasta el suelo, y mantenían la cama encerrada. Había un espejo, el mayor que yo hubiera visto, y la habitación estaba fuertemente iluminada. Conté veintidós velas de cera, todas encendidas. La señora tenía ese capricho, y nadie se atrevía a llevarle la contraria.

Escuché en el umbral, y quedé boquiabierta al mirar a mi alrededor. Al no oír ni el sonido de un aliento, y viendo que las cortinas de la cama no se movían ni en lo más mínimo, cobré ánimos, y entré en la habitación, de puntillas, y volví a mirar a mi alrededor. Entonces me pude ver en el gran espejo; y finalmente me puse a pensar: ¿por qué no podía echar un vistazo a la señora, en la cama?

Me tomarían ustedes por una imbécil si entendieran aunque sólo fuera a medias lo mucho que anhelaba ver a la señora Crowl; y pensé para mí que si no echaba entonces un vistazo quizá pasaría tiempo antes de que volviera a tener una oportunidad como aquella.

Bueno, pues fui junto a la cama; las cortinas estaban echadas y casi me falló el ánimo. Pero hice de tripas corazón, y deslicé un dedo entre las gruesas cortinas, y luego la mano entera. Esperé un rato; todo seguía en silencio de muerte, así que despacio, muy despacio, descorrí una cortina, y allí, desde luego, vi delante de mí, tendida como la dama pintada de la lápida de la iglesia de Lexhoe, a la famosa señora Crowl, de Applewale House. Allí estaba, vestida. Nunca se habrá visto cosa igual. Raso y seda, escarlata y verde, y lazos dorados y colorados. ¡Caray! ¡Era todo un espectáculo! En la cabeza tenía una peluca empolvada, la mitad de alta que ella misma, y, ¡caramba!..., ¿hubo jamás arrugas como aquellas?... Y su viejo cuello pellejudo estaba empolvado de blanco, y tenía las mejillas maquilladas de rojo, y llevaba unas cejas color marrón que la señora Wyvern le pegaba, y allí estaba, orgullosa y tiesa, con medias bordadas y unos zapatos con unos tacones altos como bolos. Pero, ¡Virgen santa!, su nariz era ganchuda y delgada, y entre los párpados se veía la mitad del blanco de los ojos. Solía ponerse delante del espejo, vestida de aquel modo, riéndose absurdamente y haciendo muecas, con un abanico en una mano y un ramillete en el corpiño. Sus manos pequeñas y arrugadas estaban abiertas en sus costados, y tenían las uñas más largas, cortadas en punta, que yo hubiera visto en toda mi vida. ¿Era posible que en algún momento hubiera estado de moda llevar las uñas de aquel modo?

Bueno, creo que cualquiera que hubiese visto cosa semejante se habría asustado. Me sentía incapaz de soltar la cortina, y de moverme en lo más mínimo, y de apartar de ella la mirada; hasta mi corazón estaba inmóvil. Y entonces, de repente, abrió los ojos y se incorporó, y giró sobre sí en redondo, y bajó de la cama, haciendo chasquear en el suelo sus tacones; se encaró conmigo, mirándome fijamente a la cara con sus grandes ojos vítreos, con una sonrisa maligna en sus labios arrugados que mostraban largos dientes postizos.

Bueno, un cadáver es una cosa natural; pero aquella visión era la cosa más horripilante que yo haya visto. Sus dedos extendidos apuntaban hacia mí, y tenía la espalda encorvada, por la edad. Y me dijo:

—¡Eh, muchachita! ¿Por qué has dicho que yo maté al niño? ¡Te daré una paliza que te dejará tiesa!

Si yo hubiera podido pensar, así fuera por un instante, hubiera dado media vuelta para huir corriendo. Pero no podía apartar la mirada de ella; retrocedí ante ella lo antes que pude; y ella me siguió, con un taconeo metálico, con sus dedos apuntando a mi garganta, y haciendo sin parar, con la lengua, un sonido algo así como zizz-zizz-zizz.

Seguí retrocediendo, lo más aprisa que podía; sus dedos estaban ya a unas pocas pulgadas de mi cuello, y supe que perdería el juicio si llegaba a tocarme.

Retrocedí de aquel modo hasta un rincón, y solté un chillido tal que parecía como si el alma se me separase del cuerpo, y en aquel momento mi tía gritó desde la puerta, y la vieja señora se volvió hacia ella, y yo giré, crucé corriendo mi habitación y bajé las escaleras todo lo aprisa que mis piernas podían llevarme.

Estaba llorando con ganas, pueden creerme, cuando llegué a la habitación del ama de llaves. La señora Wyvern se rió mucho cuando le conté lo sucedido; pero cambió de tono cuando oyó las palabras de la vieja señora.

—Dímelas de nuevo —dijo.

Así que se las repetí:

—«¡Eh, muchachita! ¿Por qué has dicho que yo maté al niño? ¡Te daré una paliza que te dejará tiesa!»

—¿Y dices que la señora mató a un niño? —dijo ella.

—No lo digo yo, señora —dije yo.

Judith estuvo siempre conmigo, a partir de entonces, cuando las dos mujeres mayores no estaban con la señora. Hubiera saltado por una ventana antes que quedarme sola con ella en una habitación.

Fue más o menos al cabo de una semana, creo recordar, cuando la señora Wyvern, un día en que estábamos solas ella y yo, me contó acerca de la señora Crowl una cosa que yo no sabía antes.

—Cuando la señora era joven, y toda una belleza, hace más de setenta años, se casó con el hacendado Crowl, de Applewale. Pero él era viudo, y tenía un hijo de unos nueve años.

A partir de cierta mañana, dejaron de tenerse noticias del niño. Nadie podía decir adónde se había ido. Le concedían demasiada libertad, y solía salir por las mañanas, y se iba a la cabaña del guardabosque, y comía con él, y luego se iba al vedado, y a veces no volvía a casa hasta el anochecer; otras veces iba al lago, y se bañaba, y se pasaba el día pescando, o remando en el bote. Bueno, pues nadie supo decir qué le había ocurrido; sólo había esto: que se encontró su gorro junto al lago, bajo un espino que aún hoy sigue medrando; y se pensó que se había ahogado mientras se bañaba. Y el hijo del segundo matrimonio del hacendado, con la señora Crowl, que ha vivido tantísimos años, se convirtió en heredero. Era su hijo, el nieto de la señora, el hacendado Chevenix Crowl, el que estaba en posesión de la casa cuando yo llegué a Applewale.

Se habló muchísimo acerca del tema, y se decía que la madrastra sabía más de lo que estaba dispuesta a contar. Y ella hacía con su marido lo que quería, con su tez blanca y sus zalamerías. Y, como no volvió a saberse del niño, la cosa, con el tiempo, fue desapareciendo del recuerdo de la gente.

Ahora contaré algo que vi con mis propios ojos.

No hacía ni seis meses desde mi llegada, y era invierno, cuando la vieja señora tuvo su última enfermedad.

El médico temía que tuviera un ataque de locura, como le había ocurrido quince años antes, y muchas veces la sujetaban con una camisa de fuerza, que era precisamente la chaqueta de cuero que yo había visto en el gabinete de la habitación de mi tía.

Bueno, no se volvió loca. Languideció y se consumió, y se fue apagando, paso a paso, tranquilamente, hasta un día o dos antes de su muerte, cuando se puso a moverse inquietamente y a veces a chillar en la cama; se hubiera dicho que un ladrón le había puesto en el cuello la punta de un puñal; y solía salir de la cama, y, como ya no tenía fuerzas para andar o sostenerse en pie, caía al suelo, con sus viejas manos marchitas abiertas delante de la cara, y chillaba pidiendo misericordia.

Ya pueden suponer que yo no entraba en su habitación; me quedaba en mi cama, temblando de miedo, mientras ella chillaba y se revolvía en el suelo, soltando palabras que la ponían a un azul de espanto.

Mi tía, y la señora Wyvern, y Judith Squailes, y una mujer de Lexhoe estaban siempre a su lado. Finalmente tuvo unos espasmos, que acabaron con ella.

El sacerdote estaba allí, y rezó por ella; pero ya poco podían beneficiarla las oraciones. Supongo que era adecuado rezar, pero nadie opinaba que hacerlo sirviera de mucho; y finalmente emprendió el vuelo y murió; y la vieja señora Crowl fue amortajada y puesta en un ataúd, y se escribió al hacendado Chevenix. Pero estaba viajando en Francia, y el plazo para su vuelta era tan largo que tanto el sacerdote como el médico opinaron que ya no se la podía tener allí más tiempo, y nadie más que ellos dos, y mi tía y el resto de la servidumbre, se preocupó de asistir al entierro. La vieja señora de Applewale fue depositada en la cripta de la iglesia de Lexhoe; y nos quedamos viviendo en la gran casa a la espera de que el hacendado viniera y nos dijera qué pensaba hacer con nosotros, y pagara a quienes decidiera despedir.

Me asignaron otra habitación, después de su muerte, a dos puertas de la que había sido la habitación de la señora Crowl; y la cosa ocurrió la noche antes de que llegase a Applewale el hacendado Chevenix.

La habitación que yo tenía entonces era grande y cuadrada, enmaderada de roble, pero no tenía más muebles que mi cama, sin cortinas, una silla y una mesa o algo parecido, y parecía como si no hubiera nada, tan grande era la habitación. Y el gran espejo en el que la vieja dama solía mirarse y admirarse de pies a cabeza, al no servir ya para eso, había sido quitado de en medio, y estaba contra una pared en mi habitación, porque, como pueden suponer, se sacaron muchas cosas de su habitación en el momento de meterla en el ataúd.

Aquel día había llegado la noticia de que el hacendado estaría en Applewale la mañana siguiente; yo no estaba nada apenada, porque pensaba que con toda seguridad me enviarían de nuevo a mi casa, con mi madre. Y estaba realmente encantada, y pensaba en mi casa, y en mi hermana Janet, y en el gatito, y en Trimmer, el perro, y en todo lo demás, y estaba tan nerviosa que no podía dormir, y el reloj dio las doce, y yo seguía despierta, y la habitación estaba negra como un pozo. Le daba la espalda a la puerta, y tenía fija la mirada en la pared opuesta.

Bueno, no serían aún las doce y cuarto cuando vi iluminarse la pared, delante de mí, como si detrás de mí se hubiera prendido fuego a algo, y las sombras de la cama, y la silla, y de mi vestido, que estaba colgado en una pared, bailaban arriba y abajo, en las vigas del techo y en los paneles de roble; y giré la cabeza sobre el hombro, rápidamente, pensando que algo se había incendiado.

Y, ¿qué fue lo que vi? ¡Virgen santa! Ni más ni menos que la imagen de la vieja señora, engalanada con rasos y terciopelos que cubrían su cadáver; sonreía tontamente, con unos ojos grandes como platos, y su cara parecía la del mismísimo diablo. La envolvía una luz roja que salía de ella, desde abajo, como si se hubiera prendido fuego a su ropa alrededor de los pies. Se dirigió directamente hacia mí, con sus viejas manos arrugadas contraídas como garras, como si fuera a estrangularme. Fui incapaz de moverme; pero ella pasó de largo junto a mí, despidiendo una racha de aire frío, y la vi, frente a la pared, en la alcoba (así la llamaba mi tía), que era un gabinete donde en los viejos tiempos estaba la cama de respeto, con la puerta abierta de par en par, y la señora buscaba a tientas algo que estaba allí. Nunca antes había visto yo aquella puerta. Luego se volvió hacia mí, girando como sobre un eje, velozmente, y de repente la habitación quedó a oscuras; yo estaba en el extremo más alejado de la cama; no sé como me había puesto allí; pero por fin recobré el uso de la lengua, y lancé un alarido que hizo temblar todo el pasillo y casi hizo saltar de sus goznes la puerta de la señora Wyvern, dándole a ella un susto que casi le hizo perder el juicio.

Ya pueden figurarse que aquella noche no dormí; y en cuanto asomaron las primeras luces, fui a ver a mi tía, todo lo aprisa que mis piernas podían llevarme.

Bueno, mi tía no me regañó ni me dio un coscorrón, como yo esperaba, sino que me tomó de la mano, y me miró fijamente a la cara todo el rato. Y me dijo que no tuviera miedo, y añadió:

—¿Llevaba en la mano la apariencia de una llave?

—Sí —dije, haciendo memoria—, una llave grande, en un extraño llavero de bronce.

—Un momento —me dijo, soltándome la mano y abriendo la puerta del aparador—. ¿Se parecía a ésta? —dijo, tomando una llave y mostrándomela, mirándome sombríamente.

—Así era —dije, en seguida.

—¿Estás segura? —dijo ella, volviéndose en redondo.

—Segura —dije; y creí que iba a desmayarme al ver aquella llave.

—Bueno, chiquilla, esto es suficiente —me dijo, abstraída; y cerró el aparador con la llave dentro.

—El señor vendrá hoy, antes del mediodía, y debes contárselo todo —me dijo, con aire preocupado—; supongo que yo no tardaré en marcharme, así que, por el momento, lo mejor será que te vayas a tu casa esta tarde, y te buscaré otro empleo en cuanto pueda.

Me alegré no poco, como supondrán, al oír aquello.

Mi tía empaquetó mis cosas, y me dio las tres libras que se me debían para que me las llevara a casa; y el hacendado Crowl se presentó aquel día en Applewale. Era un hombre bien parecido, de unos treinta años. Era la segunda vez que le veía. Pero fue la primera vez que me habló.

Mi tía habló con él en la habitación del ama de llaves, y no sé lo que dijeron. El señor me asustaba un poco, porque era un caballero importante en Lexhoe, y no me atreví a acercarme a él hasta que me llamaron. Y me dijo, sonriendo:

—¿Qué es eso que has visto, chiquilla? Debe haber sido un sueño, porque ya sabes que no existen los fantasmas y los espectros. Pero haya sido lo que haya sido, damisela, siéntate y cuéntamelo todo, de principio a fin.

Bueno, cuando hube terminado, caviló un poco, y dijo a mi tía:

—Recuerdo bien el sitio. En tiempos de Sir Oliver, Wyndel el cojo me contó que había un gabinete en ese rincón, a la izquierda, allí donde esta mocita soñó que veía a mi abuela abrir la puerta. Wyndel tenía más de ochenta años cuando me contó eso, y yo era sólo un crío. Han pasado veinte años desde entonces. Los objetos de metales preciosos y las joyas se guardaban ahí, hace mucho tiempo, antes de que se hiciera la cámara acorazada de la parte de atrás; y me dijo que la llave tenía un llavero de bronce, y usted dijo que la encontró en el fondo del cofre donde mi abuela guardaba sus viejos abanicos. Veamos, ¿no sería curioso, si encontrásemos ahí algunos cubiertos o diamantes olvidados? Vendrás con nosotros, muchachita, y nos indicarás el punto exacto.

Fui de muy mala gana, y tenía el corazón en la garganta, y asía fuertemente la mano de mi tía, cuando entré en aquella habitación espantosa y mostré a ambos por dónde la señora había pasado junto a mí, y el sitio donde se detuvo, y el sitio donde me pareció que se abría una puerta.

Había entonces un armario vacío contra la pared, y, cuando fue apartado, allí, desde luego, había la señal de una puerta en el enmaderado, con una cerradura tapada con madera y alisada en el plano de la pared, y la juntura de la puerta estaba tapada con el mismo color del roble, y, de no ser por los goznes que sobresalían un poco, una vez apartado el armario, nadie hubiera podido imaginar que allí pudiese haber una puerta.

—¡Ja! —dijo el señor, con una sonrisa extraña—. Parece que es esto.

Llevó algunos minutos el trabajo de quitar la madera de la cerradura con un pequeño escoplo y un martillo. La llave se ajustaba a la cerradura, claro está, y, con un curioso retorcimiento y un chirrido, el pasador se descorrió, y el señor abrió la puerta.

Había dentro otra puerta, más extraña que la primera, pero no tenía cerrojos y se abrió fácilmente. Dentro había un espacio estrecho, con paredes y techo de ladrillos; no podíamos ver qué había allí, porque estaba negro como un pozo.

Cuando mi tía hubo encendido una vela, el señor, sosteniéndola en alto, entró allí.

Mi tía se puso de puntillas, tratando de ver algo por encima de los hombros del señor; y yo no vi nada en absoluto.

—¡Ajá! —dijo el señor, retrocediendo—. ¿Qué es esto? ¡Déme el atizador, aprisa! —dijo a mi tía. Y, mientras ella iba hacia la chimenea, yo miré por debajo del brazo del señor, y vi claramente, acurrucada en el rincón opuesto, sobre un cofre, algo así como una mona, o la vieja más desaliñada y marchita que jamás se haya visto.

—¡Virgen santa! —dijo mi tía, cuando al ponerle el atizador en la mano, viró por encima de su hombro y vio aquella cosa feísima—. Tenga cuidado, señor. ¡Retroceda, y cierre la puerta!

Pero en vez de hacer esto, el señor entró cautelosamente, blandiendo el atizador como una espada, y dio un empujón a la cosa, y la cosa se derrumbó, cabeza abajo, en un montón de huesos y polvo, quedando reducido a muy poca cosa.

Los huesos eran de un niño; y todo lo demás se deshizo en polvo al tocarlo. Nadie dijo nada durante un rato; luego, el señor pasó al otro lado de la calavera que había en el suelo.

Por joven que yo fuera, entendí muy bien en qué estaban pensando.

—¡Un gato muerto! —dijo el señor, saliendo de allí, apagando la vela y cerrando la puerta—. Volveremos, usted y yo, señora Shutters, y miraremos en las estanterías. Antes tengo que hablar con usted de otras cosas; y esta muchachita se irá a su casa, según usted me ha dicho. Ya ha cobrado su salario, y pienso además hacerle un regalo —dijo, dándome unos golpecitos en el hombro.

Y me dio una libra más, y me fui hacia Lexhoe cosa de una hora más tarde, y luego tomé el coche de posta para irme a casa, y no pocas ganas tenía de llegar a ella; y, desde entonces, nunca he vuelto a ver a la señora Crowl, ni en aparición ni en sueños, Dios sea loado. Pero cuando ya me había hecho mujer, mi tía pasó un día y una noche conmigo en Littleham, y me contó que no cabía duda de que se trataba del pobre niño que había desaparecido hacía tanto tiempo; aquella mujer malvada lo había encerrado y lo había dejado morir allí, en la oscuridad, de donde no se podían oír sus gritos, sus súplicas ni sus golpes; y habían dejado su gorra junto al agua, fuese quien fuese que lo hiciera, para hacer creer que se había ahogado. La ropa se deshizo en polvo en cuanto se tocó, en la celda donde se había encontrado los huesos. Pero había un puñado de botones negros, y una pequeña navaja de mango verde, y también un par de peniques, que el pobre pequeño llevaba en el bolsillo, supongo, cuando le metieron allí con engaños y dejó para siempre de ver la luz. Y entre los papeles del señor había una copia del anuncio que se imprimió después de la desaparición del niño, cuando el antiguo señor había pensado que quizá el chico se había fugado, o había sido raptado por gitanos; y el anuncio decía que el niño llevaba una navaja de mango verde, y que sus botones eran negros. Esto es todo lo que tengo para decir de la vieja señora Crowl, de Applewale House.

Una carretera iluminada por la luna
Ambrose Bierce

Traducido por Javier Sánchez García-Gutiérrez

Una carretera iluminada por la luna

De los cuentos de Ambrose Bierce, en su mayoría fantásticos, lo más sorprendente son los finales. Él confía en que el lector haga un esfuerzo mental por comprender lo que él ha narrado de forma vaga; aquello que, deliberadamente, ha dejado sin plasmar. Como periodista que era, le gustaba «ir al grano» y poseía un estilo sobrio pero nada simple.

Bierce supera a Edgar Allan Poe y a Hawthorne en humor negro, en lo absurdamente macabro y en su feroz ironía, aunque no alcanza su talla literaria. Sus *Fábulas fantásticas*, obra maestra en lo sarcástico, lo demuestran: lacerante con la sociedad americana de su época y con la necedad humana.

Una carretera iluminada por la luna es una pesadilla. En las carreteras, autovías o autopistas, parece que uno domina el horizonte y no puede sentir miedo. En cambio, suceden cosas que ponen los pelos de punta. Y en este cuento de Bierce, cuyo estilo es un reto, te sorprenderán también las inquietantes reflexiones del espectro: «¡Qué cosa es ser un fantasma, encogido y tembloroso en un mundo alterado, presa de la aprensión y la desesperación!»

Este relato sobrecoge por el testimonio de sus tres principales personajes: el de Joel Hetman Jr. plantea lo inexplicable de un suceso ocurrido durante la noche; el de Caspar Grattan (en realidad, el padre de Joel) nos informa de algo de lo acontecido en casa de los Hetman; y el del médium Bayrolles cierra la historia al hablar con la difunta Julia Hetman, «estrangulada por unas manos humanas». ¿Se cierra, realmente? ¿Acaso, en el trágico suceso, intervino alguien más? En la suma de los tres testimonios debes buscar la solución.

J.J.P.

Testimonio de Joel Hetman, Jr.

Soy un hombre de lo más desafortunado. Rico, respetado, bastante bien educado y de buena salud (aparte de otras muchas ventajas generalmente valoradas por quienes las disfrutan y codiciadas por los que las desean). A veces pienso que sería menos infeliz si tales cualidades me hubieran sido negadas, porque entonces el contraste entre mi vida exterior e interior no exigiría continuamente una atención ingrata. Bajo la tensión de la privación y la necesidad del esfuerzo, podría olvidar en ocasiones el oscuro secreto, cuya explicación —siempre misteriosa— él mismo hace inevitable.

Soy hijo único de Joel y Julia Hetman. El primero fue un rico hacendado, la segunda una mujer bella y bien dotada, a la que estaba apasionadamente ligado por lo que ahora sé que fue una devoción celosa y exigente. El hogar familiar se encontraba a unas cuantas millas de Nashville, en Tennessee, en una vivienda amplia, irregularmente construida, sin ningún orden arquitectónico definido, y algo apartada de la carretera, con un parque de árboles y arbustos.

En la época a la que me refiero yo tenía diecinueve años y estudiaba en Yale. Un día recibí un telegrama de mi padre tan urgente que, obedeciendo a su inexplicada solicitud, partí inmediatamente con dirección a casa. En la estación de ferrocarril de Nashville, un pariente lejano me esperaba para poner en mi conocimiento la razón de la llamada: mi madre había sido bárbaramente asesinada; el móvil y el autor nadie los conocía, pero las circunstancias fueron las siguientes:

Mi padre había ido a Nashville con la intención de volver al día siguiente por la tarde. Algo impidió que realizara el negocio que tenía entre manos, por lo que regresó esa misma noche, antes del amanecer. En su testimonio ante el juez explicó que, como no tenía llave del cerrojo y no quería molestar a los sirvientes que estaban durmiendo, se había dirigido, sin ningún propósito especial, hacia la parte trasera de la casa. Al doblar una esquina del edificio, oyó el ruido de una puerta que se cerraba con suavidad y vio en la oscuridad, no muy claramente, la figura de un hombre que desapareció de inmediato por entre los árboles. Como una precipitada persecución y una batida rápida por los jardines, en la creencia de que el intruso era alguien que visitaba clandestinamente a un sirviente, resultaron infructuosas, entró en la casa por la puerta abierta y subió las escaleras en dirección al dormitorio de mi madre. La puerta estaba abierta y, al penetrar en aquella intensa oscuridad, tropezó con un objeto pesado que había en el suelo y cayó de bruces. Me ahorraré los detalles; era mi pobre madre, ¡estrangulada por unas manos humanas!

No faltaba nada en la casa, los sirvientes no habían oído ruido alguno y, salvo aquellas horribles marcas en la garganta de la mujer asesinada (¡Dios mío! ¡Ojalá pudiera olvidarlas!), no se encontró nunca rastro del asesino.

Abandoné mis estudios y permanecí junto a mi padre que, como es de suponer, estaba muy cambiado. De carácter siempre taciturno y sereno, cayó en un abatimiento tan profundo que nada conseguía mantener su atención, aunque, cualquier cosa, una pisada, un portazo repentino, despertaban en él un interés desasosegado; se le podría haber llamado recelo. Se sobresaltaba visiblemente por cualquier pequeña sorpresa sensorial y a veces se ponía pálido, y luego recaía en una apatía melancólica más profunda que la anterior. Supongo que sufría lo que se llama *una tremenda tensión nerviosa*. En cuanto a mí, era más joven que ahora, y eso significa mucho. La juventud es Galad, donde existe un bálsamo para cada herida. ¡Ah! ¡Si pudiera vivir de nuevo en aquella tierra encantada! Al no estar habituado al dolor, no sabía cómo valorar mi aflicción. No podía apreciar debidamente la potencia del impacto.

Cierta noche, unos meses después del fatal acontecimiento, mi padre y yo volvíamos andando de la ciudad. La luna llena llevaba unas tres horas sobre el horizonte, en el Este; los campos mostraban la quietud solemne de una noche estival. Nuestras pisadas y el canto incesante de las chicharras en la distancia eran el único sonido. Las negras sombras de los árboles contiguos atravesaban la carretera, que tenía un brillo blanco y fantasmal en las estrechas zonas del centro. Cuando nos encontrábamos cerca de la verja de nuestra hacienda, cuya fachada aparecía en penumbra, y en la que no había ninguna luz, mi padre se detuvo de repente y, agarrándome del brazo, dijo con un tono apenas perceptible:

—¡Dios mío! ¿Qué es eso?
—No oigo nada —contesté.

—Pero mira, ¡mira! —exclamó señalando hacia la carretera, delante de nosotros.

—Allí no hay nada —dije—. Venga, padre, entremos. Estás enfermo.

Me había soltado el brazo y se había quedado rígido e inmóvil en el centro de la carretera iluminada, absorto como alguien privado del juicio. A la luz de la luna, su rostro presentaba una palidez y fijeza inefablemente penosa. Le di un suave tirón de la manga, pero se había olvidado de mi existencia. Al rato comenzó a retroceder, paso a paso, sin apartar la vista ni un instante de lo que veía, o creía que veía. Di media vuelta para seguirle, pero me quedé quieto, indeciso. No recuerdo ningún sentimiento de miedo, a no ser que un frío repentino fuera su manifestación física. Fue como si un viento helado hubiera rozado mi cara y envuelto mi cuerpo de arriba abajo. Pude sentir su revuelo en el pelo.

En aquel momento mi atención fue atraída por una luz que apareció de repente en una ventana del piso superior de la casa; uno de los sirvientes, despertado por quién sabe qué premonición misteriosa, y obedeciendo a un impulso que nunca pudo explicar, había encendido una lámpara. Cuando me volví para buscar a mi padre, había desaparecido; en todos estos años ni un rumor de su destino ha atravesado la frontera de la conjetura desde el reino de lo desconocido.

TESTIMONIO DE CASPAR GRATTAN

Hoy se dice que estoy vivo. Mañana, aquí, en esta habitación, habrá una forma insensible de arcilla que mostrará lo que fui durante demasiado tiempo. Si alguien levanta el paño que cubrirá el rostro de aquella cosa desagradable será para satisfacer una mera curiosidad malsana. Otros, sin duda, irán más lejos y preguntarán «¿Quién era ése?». En estos apuntes ofrezco la única respuesta que soy capaz de dar: Caspar Grattan. Claro, eso debería ser suficiente. Ese nombre ha cubierto mis pequeñas necesidades durante más de veinte años de una vida de duración desconocida. Es cierto que yo mismo me lo puse, pero, a falta de otro, tenía ese derecho. En este mundo uno debe tener un nombre; evita la confusión, incluso hasta cuando no aporta una identidad. A algunos, sin embargo, se les conoce por números, que también resultan ser formas de distinción inadecuadas.

Un día, por ejemplo, caminaba por una calle de una ciudad, lejos de aquí, cuando me encontré a dos individuos de uniforme, uno de los cuales, casi deteniéndose y mirándome a la cara con curiosidad, le dijo a su compañero: «Ese hombre se parece al 767». En aquel número me pareció ver algo familiar y horrible. Llevado por un impulso incontrolable, tomé una bocacalle y corrí hasta caer agotado en un camino.

Nunca he olvidado aquel número, y siempre me viene a la memoria acompañado por un guirigay de obscenidades, carcajadas de risas tristes y estruendos de puertas de hierro. Por eso creo que un nombre, aunque sea uno mismo quien se lo ponga, es mejor que un número. En el registro del campo del Alfarero pronto tendré los dos. ¡Qué riqueza!

A quien encuentre este papel he de rogarle que tenga cierta consideración. No es la historia de mi vida; la capacidad de hacer tal cosa me está negada.

Esto no es más que una relación de recuerdos quebrados y aparentemente inconexos, algunos de ellos tan nítidos y ordenados como los brillantes de un collar; otros, remotos y extraños, presentan las características de los sueños carmesí, con espacios en blanco y en negro, y con el resplandor de aquelarres candentes en medio de una gran desolación.

Situado en los límites de la eternidad, me doy la vuelta para echar un último vistazo a la tierra, a la trayectoria que seguí hasta llegar aquí. Hay veinte años de huellas inconfundibles, impresiones de pies sangrantes. El trazado sigue caminos de pobreza y dolor, tortuosos y poco seguros, como los de alguien que se tambalea bajo una carga, *remoto, sin amigos, melancólico, lento.*

Ah, la profecía que el poeta hizo sobre mí. ¡Qué admirable! ¡Qué espantosamente admirable!

Retrocediendo más allá del principio de esta *vía dolorosa,* esta epopeya de sufrimiento con episodios de pecado, no puedo ver nada con claridad; sale de una nube. Sé que sólo cubre veinte años, y sin embargo soy un anciano.

Uno no recuerda su nacimiento, se lo tienen que contar. Pero conmigo fue diferente. La vida llegó a mí con las manos llenas y me otorgó todas mis facultades y poderes. De mi existencia previa no sé más que otros, porque todos balbucean insinuaciones que pueden ser recuerdos o sueños. Solamente sé que mi primera sensación de consciencia lo fue de madurez en cuerpo y alma; una sensación aceptada sin sorpresa o aprensión. Sencillamente me encontré caminando por un bosque, medio desnudo, con los pies doloridos, tremendamente fatigado y hambriento. Al ver una granja, me acerqué y pedí comida, que alguien me dio preguntando mi nombre. No lo conocía, aunque sí sabía que todo el mundo tenía nombres. Me retiré muy azorado y, al caer la noche, me tumbé en el bosque y me dormí.

Al día siguiente llegué a una gran ciudad cuyo nombre no citaré. Tampoco relataré otros incidentes de la vida que ahora está a punto de acabar; una vida de peregrinaje continuo, siempre rondada por una imperante sensación de delito en el castigo del mal y de terror en el castigo del delito. Veamos si soy capaz de reducirlo a la narrativa.

Parece ser que una vez viví cerca de una gran ciudad. Era un colono próspero, casado con una mujer a la que amaba y de la que desconfiaba. Tuvimos, al parecer, un hijo, un joven de talento brillante y prometedor. Para mí, siempre se trata de una figura vaga, nunca claramente definida y, con frecuencia, fuera de escena.

Una desafortunada noche se me ocurrió poner a prueba la fidelidad de mi esposa de una forma vulgar y sabida por todo el mundo que conoce la literatura histórica y de ficción. Fui a la ciudad después de haberle dicho a mi mujer que estaría ausente hasta el día siguiente por la tarde. Pero regresé antes del amanecer y me dirigí a la parte trasera de la casa con la intención de entrar por una puerta que había estropeado sin que nadie me viera, para que pareciera encajar y en realidad no cerrara. Al acercarme, oí una puerta que se abría y se cerraba con suavidad, y vi a un hombre que salía sigilosamente a la oscuridad. Con la idea del asesinato en la mente, salté sobre él, pero desapareció sin que consiguiera ni siquiera identificarle. A veces, ni aún ahora consigo convencerme de que se tratara de un ser humano.

Loco de celos y rabia, ciego y lleno de todas las pasiones elementales de la hombría humillada, entré en la casa y subí precipitadamente las escaleras hasta el dormitorio de mi esposa. Estaba cerrado, pero como también había estropeado el cerrojo, conseguí entrar fácilmente y, a pesar de la intensa oscuridad, en un instante estaba junto a su cama. Tanteando con las manos descubrí que estaba vacía, aunque deshecha.

«Debe de estar abajo —pensé—; aterrorizada por mi presencia se ha ocultado en la oscuridad del recibidor».

Con el propósito de buscarla, me di la vuelta para marcharme. Pero tomé una dirección equivocada. ¡Correcta!, diría yo. Golpeé su cuerpo, encogido en un rincón, con el pie. En un instante le lancé las manos al cuello y, ahogando su grito, sujeté su cuerpo convulso entre las rodillas. Allí, en la oscuridad, sin una palabra de acusación o reproche, la estrangulé hasta la muerte.

Aquí acaba el sueño. Lo he contado en tiempo pasado, pero el presente sería la forma más apropiada, porque una y otra vez aquella triste tragedia vuelve a ser representada en mi consciencia; una y otra vez trazo el plan, sufro la confirmación y desagravio la ofensa. Después todo queda en blanco; y más tarde la lluvia golpea contra los mugrientos cristales, o la nieve cae sobre mi escaso atavío, las ruedas chirrían por calles asquerosas donde mi vida se desarrolla en medio de la pobreza y de los trabajos mezquinos. Si alguna vez brilla el sol, no lo recuerdo. Si hay pájaros, no cantan.

Hay otro sueño, otra visión de la noche. Estoy de pie, entre las sombras, sobre una carretera iluminada por la luna. Soy consciente de la presencia de alguien más, pero no puedo determinar exactamente de quién. Entre la penumbra de una gran vivienda, percibo el brillo de ropas blancas; entonces la figura de una mujer aparece frente a mí en la carretera. ¡Es mi asesinada esposa! Hay muerte en su rostro y señales en su garganta. Tiene los ojos clavados en los míos con una seriedad infinita, que no es reproche, ni odio, ni amenaza; no es algo tan terrible como el reconocimiento. Ante esta horrorosa aparición, retrocedo con terror; un terror que me asalta cuando escribo. No puedo dar la forma correcta a las palabras. ¡Fíjate! Ellas...

Ahora estoy tranquilo, pero en verdad ya no hay más que contar. El incidente acaba donde empezó: en medio de la oscuridad y de la duda.

Sí, de nuevo tengo el dominio de mí mismo: «el capitán de mi alma». Pero no se trata de un respiro, sino de otro estadio y fase de la expiación. Mi penitencia, constante en grado, es mutable en aspecto: una de sus variantes es la tranquilidad. Después de todo, se trata de cadena perpetua. «Al Infierno para siempre», ése es el castigo absurdo: el culpable escoge la duración de su pena. Hoy mi plazo expira.

A todos y cada uno, les deseo la paz que no fue mía.

Testimonio de la difunta Julia Hetman a través del medium Bayrolles

Me había retirado temprano y había caído casi inmediatamente en un sueño apacible, del que desperté con una indescriptible sensación de peligro, lo que es, según creo, una experiencia común de otra vida anterior. También me sentí convencida de su sin sentido, aunque eso no lo desterraba. Mi marido, Joel Hetman, estaba ausente; los sirvientes dormían en la otra parte de la casa. Pero éstas eran cosas normales; nunca antes me habían preocupado. Sin embargo, aquel extraño terror se hizo tan insoportable que, venciendo mi escasa disposición, me incorporé en la cama y encendí la lámpara de la mesilla. En contra de lo que esperaba, esto no supuso un alivio; la luz parecía añadir aún más peligro, porque pensé que su resplandor se advertiría por debajo de la puerta, revelando mi presencia a cualquier cosa maligna que acechara desde fuera. Vosotros que todavía estáis vivos, sujetos a los horrores de la imaginación, os daréis cuenta de qué monstruoso miedo debe de ser ése que, en la oscuridad, busca seguridad contra las existencias malévolas de la noche. Es como batirse cuerpo a cuerpo con un enemigo invisible. ¡La estrategia de la desesperación!

Después de apagar la luz, me cubrí la cabeza con la colcha y me quedé temblando en silencio, incapaz de gritar, y sin acordarme siquiera de rezar. En ese penoso estado debí de permanecer durante lo que vosotros llamaríais horas; entre nosotros no existen horas: el tiempo no existe.

Finalmente apareció: ¡un ruido suave e irregular de pisadas en las escaleras! Eran pausadas, dubitativas, inseguras, como si fueran producidas por alguien que no viera por dónde iba; para mi mente confusa eso era mucho más espantoso, como la proximidad de una malignidad ciega y estúpida, para la que no valen ruegos. Estaba casi segura de que había dejado la lámpara del recibidor encendida y el hecho de que aquella criatura caminara a tientas demostraba que era un monstruo de la noche. Esto era absurdo y no coincidía con mi anterior terror a la luz, pero ¿qué queréis que haga? El miedo no tiene cerebro; es idiota. El observador sombrío que contiene y el cobarde consejo que susurra no guardan relación. Nosotros, que hemos entrado en el Reino del Terror, que permanecemos ocultos en el crepúsculo eterno rodeados por las escenas de nuestra vida anterior, invisibles incluso para nosotros mismos y para los demás, y que sin embargo nos escondemos desesperados en lugares solitarios, lo sabemos muy bien; anhelamos hablar con nuestros seres queridos, y sin embargo estamos mudos, y tan temerosos de ellos como ellos de nosotros. A veces este impedimento desaparece, la ley queda en suspenso: por medio del poder inmortal del amor o del odio conseguimos romper el hechizo. Entonces, aquellos a los que avisamos, consolamos o castigamos, nos ven. Qué forma adoptamos es algo que desconocemos; sólo sabemos que aterrorizamos hasta a aquellos que más deseamos reconfortar y de los que más anhelamos ternura y compasión.

Perdona, te lo ruego, este paréntesis inconsecuente de lo que una vez fue una mujer. Vosotros que nos consultáis de este modo imperfecto, no comprendéis. Hacéis preguntas absurdas sobre cosas desconocidas y prohibidas. La mayor parte de lo que sabemos y podríamos reflejar en nuestro discurso no tiene ningún sentido para vosotros. Debemos comunicarnos con vosotros por medio de una inteligencia balbuciente en aquella pequeña zona de nuestro lenguaje que vosotros sabéis hablar. Creéis que somos de otro mundo. Pero no; no conocemos otro mundo que el vuestro, aunque para nosotros no existe la luz del sol, ni calor, ni música, ni risa, ni cantos de pájaros, ni compañía. ¡Dios mío! ¡Qué cosa es ser un fantasma, encogido y tembloroso en un mundo alterado, presa de la aprensión y la desesperación!

Pero no, no morí de miedo: aquella Cosa se dio la vuelta y se marchó. La oí bajar, creo que apresuradamente, por las escaleras, como si ella también se hubiera asustado. Entonces me levanté para pedir ayuda. Apenas mi temblorosa mano hubo encontrado el tirador de la puerta... ¡Cielo santo!, oí que volvía hacia mí. Sus pisadas por las escaleras eran rápidas, pesadas y fuertes; hacían que la casa se estremeciera. Huí hacia una esquina de la pared y me acurruqué en el suelo. Intenté rezar. Intenté gritar el nombre de mi querido esposo. Entonces oí que la puerta se abría de un golpe. Hubo un intervalo de inconsciencia y, cuando me recuperé, sentí una opresión asfixiante en la garganta, advertí que mis brazos golpeaban lánguidamente contra algo que me arrastraba, ¡noté que la lengua se me escapaba por entre los dientes! Después pasé a esta vida.

No, no sé lo que pasó. La suma de lo que conocemos al morir es la medida de lo que sabemos después de todo lo que hemos visto. De esta existencia sabemos muchas cosas, pero nunca hay nueva luz sobre ninguna de esas páginas: todo lo que podemos leer está escrito en el recuerdo. Aquí no hay cimas de verdad que dominen el confuso paisaje de aquel reino dudoso. Todavía vivimos en el Valle de la Sombra, ocultos en sus espacios desolados, observando desde detrás de las zarzamoras y los matorrales a sus habitantes malvados, locos. ¿Cómo íbamos a tener conocimiento de aquel desvanecido pasado?

Lo que ahora voy a relatar ocurrió en una noche. Sabemos cuándo es de noche porque os marcháis a casa y podemos aventurarnos a salir de nuestros escondrijos y dirigirnos sin miedo hacia nuestras antiguas casas, asomarnos a las ventanas, hasta incluso entrar y observar vuestros rostros mientras dormís. Había merodeado durante un buen rato cerca de la casa en la que se me había transformado tan cruelmente en lo que ahora soy, como hacemos cuando alguien a quien amamos u odiamos está dentro. En vano había estado buscando alguna forma de manifestarme, algún modo de hacer que mi existencia continuada, mi gran amor y mi profunda pena fueran captados por mi marido y mi hijo. Si dormían, siempre se despertarían, o si, en mi desesperación, me atrevía a acercarme a ellos una vez despiertos, lanzarían hacia mí sus terribles ojos vivos, aterrorizándome con las miradas que yo anhelaba y apartándome de mi propósito.

Esa noche les había estado buscando sin éxito, temerosa de encontrármelos. No estaban en la casa, ni en el jardín iluminado por la luna. Porque, aunque hemos perdido el sol para siempre, todavía nos queda la luna, completamente redonda o imperceptible. A veces brilla por la noche, a veces de día, pero siempre sale y se pone como en la otra vida.

Dejé el jardín y me fui, acompañada por la luz blanca y el silencio, hacia la carretera, sin dirección definida y entristecida. De repente oí la voz de mi pobre esposo que lanzaba exclamaciones de sorpresa, junto a la de mi hijo que procuraba tranquilizarle y disuadirle. Y allí estaban, a la sombra de un grupo de árboles. Cerca, ¡tan cerca! Tenían sus caras vueltas hacia mí, los ojos de mi esposo se clavaban en los míos. Me vio, ¡por fin, por fin me vio! Al advertir esta sensación, mi miedo desapareció como un sueño cruel. El hechizo de la muerte estaba roto: ¡El Amor había vencido a la Ley! Loca de alegría, grité, debí de haber gritado: «Me ve, me ve: ¡me comprenderá!». Entonces, tratando de controlarme, avancé hacia él, sonriente y consciente de mi belleza, para arrojarme en sus brazos, consolarle con palabras cariñosas y, con la mano de mi hijo entre las mías, pronunciar palabras que restauraran los lazos rotos entre los vivos y los muertos.

Pero, ¡ay! ¡Ay de mí! Su cara estaba pálida de terror, sus ojos eran como los de un animal acorralado. Mientras yo avanzaba, él se alejaba de mí, y por fin se dio la vuelta y salió huyendo por el bosque. Hacia dónde, es algo que desconozco.

A mi pobre hijo, abandonado con su doble desolación, nunca he sido capaz de comunicarle ninguna sensación de mi presencia. Pronto, también él, pasará a esta Vida Invisible y le habré perdido para siempre.

El guardavía

Charles Dickens

Traducido por Rafael Lassaletta

El guardavía

Fue el 9 de junio de 1865 cuando Charles Dickens pudo haber figurado en la lista de víctimas mortales de un accidente ferroviario ocurrido en Staplehurst, condado de Kent (Inglaterra): viajaba con la joven actriz Ellen Ternan y durante unas horas vivieron una trágica situación cuando el tren descarriló. Ambos escaparon ilesos, pero de esta fuerte impresión surgieron muchos de sus cuentos.

Lo fantástico atrajo al autor de *Oliver Twist* y, probablemente, lo mejor que escribió en este género sea *Canción de Navidad*. Recordarás al viejo tacaño Ebenezer Scrooge, un personaje inolvidable, así como el fantasma de su antiguo socio, Jacob Marley, que se le aparece en la víspera de Navidad.

Sin embargo, se ha seleccionado *El guardavía* porque es uno de los relatos más sobrecogedores y, además, un buen ejemplo de cómo un hecho real puede disparar la imaginación del autor hasta convertirlo igualmente en un hecho irreal. Pertenece a una colección de historias ferroviarias, *La bifurcación de Mugby*, en las que Dickens narra las historias por medio de un curioso personaje que llega de madrugada al empalme mencionado, en medio de una tormenta, portando unas maletas negras de Barbox Hermanos.

El guardavía mantiene en suspense, certeramente dosificado, y consigue aterrar. El escenario, aunque exterior, es claustrofóbico. Del lugar dice el narrador que es el «más solitario y lúgubre» que jamás vio, «una sombría luz roja y la aún más sombría negra boca de un túnel, deprimente y amenazador». Y, por si esto fuera poco, siente, bajando por un sinuoso sendero «como si hubiera abandonado el mundo natural», y que el guardavía le mira con miedo.

Leído este cuento, es difícil estar ante un túnel y no sentir un escalofrío.

J.J.P.

—¡Eh!, ¡ahí abajo!

Cuando oyó una voz llamándole de esta manera, se encontraba junto a la puerta de la caseta, con un banderín enrollado sobre un palo corto en la mano. Uno pensaría, teniendo en cuenta la naturaleza del terreno, que no podía caberle la menor duda sobre de dónde procedía la voz; pero en lugar de mirar hacia arriba, donde yo me encontraba, en lo alto de un precipicio cortado justo sobre su cabeza, se volvió y miró hacia las vías. Hubo algo especial en su manera de hacerlo, aunque no sabría definir exactamente qué. Pero sí sé que fue lo bastante curioso como para atraer mi atención, aun tratándose de una figura de espaldas y en sombra en el fondo del profundo despeñadero, mientras que yo estaba mucho más arriba, bañado por una brillante puesta de sol que me había obligado a darme sombra en los ojos con la mano antes de poder verle del todo.

—¡Eh!, ¡ahí abajo!

Después de haber mirado al fondo de las vías se volvió de nuevo y, al alzar los ojos, vio mi figura en lo alto, sobre él.

—¿Hay algún sendero por el que pueda bajar y hablar con usted?

Me miró sin responder, y yo le devolví la mirada sin volver a agobiarle demasiado pronto con una repetición de mi vana pregunta. Justo entonces se inició una pequeña vibración en el aire y en la tierra, que rápidamente se transformó en un violento latido, y una embestida repentina me lanzó hacia atrás con la suficiente fuerza como para haberme hecho pedazos. Cuando la nube de humo que me cubrió hubo pasado y el tren rápido se alejaba rumbo a la llanura, miré hacia abajo una vez más, y le vi enrollar nuevamente el banderín que había mostrado mientras pasaba el tren.

Repetí mi pregunta. Tras una pausa, durante la cual pareció mirarme con gran atención, señaló con su banderín enrollado hacia un punto a mi altura, a unas doscientas o trescientas yardas de distancia. Le grité:

—¡De acuerdo! —y me dirigí a aquel lugar.

Allí, a fuerza de mirar cuidadosamente a mi alrededor, descubrí un tosco sendero en zig-zag tallado en la roca, que seguí.

El corte era muy profundo e inusualmente escarpado. Estaba tallado en una roca viscosa, más húmeda y enlodada a medida que iba descendiendo. Por esta razón el camino se me hizo lo bastante largo como para tomarme el tiempo de recordar el singular aire de disgusto y compulsión con que me había señalado el sendero.

Cuando hube bajado por el descendente zig-zag lo suficiente y volvía a verle, pude darme cuenta de que estaba de pie entre los raíles por los que el tren acababa de pasar, en ademán de estar esperando mi aparición: su mano izquierda en la barbilla y el codo descansando sobre la mano derecha, cruzada sobre el pecho. Su actitud era de tal expectación y vigilancia que me detuve un momento, extrañado.

Reanudé el descenso y, al llegar al nivel de las vías y acercarme a él, vi que era un hombre moreno, de barba oscura y cejas más bien espesas. Su puesto estaba en el lugar más solitario y lúgubre que haya visto jamás. A cada lado, un muro de piedra dentada, rezumante de humedad, impedía cualquier visión que no fuese una estrecha franja de cielo; el horizonte, en una dirección, era tan sólo la prolongación oblicua de esta gran mazmorra. La corta perspectiva del lado opuesto terminaba con una sombría luz roja y la aún más sombría negra boca de un túnel, deprimente y amenazador. Eran tan pocos los rayos de sol que alguna vez llegaban hasta aquel lugar, que éste había adquirido un mortífero olor terroso, y un viento helado corría por allí con tanta fuerza que sentí un escalofrío, como si hubiera abandonado el mundo natural.

Antes de que se moviera ya me había acercado lo bastante a él como para poder tocarle. Ni siquiera entonces apartó sus ojos de los míos. Dio un paso atrás y alzó la mano.

Era un puesto desértico el que ocupaba —le dije— y había llamado mi atención cuando había mirado desde allí arriba. Sería raro tener un visitante, suponía. Raro, pero esperaba que no mal recibido. En mí debía ver, simplemente, a un hombre que, tras haber pasado toda su vida recluido en estrechos límites y verse por fin libre, tenía un interés renacido por estas grandes obras humanas. Con tal intención le hablaba. Estoy lejos de poder asegurar qué términos utilicé, porque, aparte de mi escasa habilidad para iniciar conversaciones, en aquel hombre había algo que me intimidaba.

Dirigió una mirada de lo más curiosa a la luz roja que estaba junto a la boca del túnel, observó todo aquello como si echara algo en falta, y después me miró a mí.

¿Estaba esa luz a su cargo?, ¿no lo estaba? Me contestó con voz profunda:

—¿No sabe que sí lo está?

Mientras examinaba sus ojos fijos y su rostro melancólico, una monstruosa idea cruzó por mi mente: que era un espíritu y no un hombre. He vuelto a meditar si cabría considerar la posibilidad de alguna enfermedad en su mente.

Retrocedí, y al hacerlo noté en sus ojos un oculto miedo hacia mí. Esto disipó mi monstruoso pensamiento.

—Me mira —le dije formando una sonrisa— como si me tuviese miedo.

—Estaba preguntándome —contestó— si le había visto antes.

—¿Dónde?

Señaló hacia la luz roja que había estado observando.

—¿Allí? —dije.

Mirándome atentamente me respondió, aunque sin palabras, que sí.

—Mi querido amigo, ¿qué podía hacer yo allí? Sea como sea, nunca he estado ahí, puedo jurarlo.

—Creo que sí —replicó—. Sí, estoy seguro.

Su comportamiento se serenó, y también el mío. Contestó a mis observaciones con prontitud y palabras bien escogidas. ¿Tenía mucho que hacer allí? Sí, es decir, tenía bastante responsabilidad, pero lo que se requería de él era exactitud y vigilancia. En lo que se refiere a trabajo propiamente dicho (trabajo manual), no tenía apenas nada que hacer. Cambiar esta señal, ajustar aquellas luces y mover la palanca de hierro de cuando en cuando era toda su tarea en este terreno. Respecto a las largas y solitarias horas que tanto parecían importarme, sólo podía decirme que la rutina de su vida se había ido configurando de esa forma, y que ya estaba hecho a ella. En este lugar había aprendido un lenguaje, si el mero hecho de conocer sus simbolismos y tener una idea rudimentaria de su pronunciación, se puede llamar aprenderlo. También había estudiado fracciones y decimales y había intentado acercarse al álgebra; pero, como le pasaba de niño, el cálculo seguía sin ser su fuerte. ¿Le obligaba el cumplimiento de su deber a permanecer en aquel canal de aire húmedo?, ¿nunca podía remontar los altos muros de piedra hasta la luz del sol? Claro que sí, eso dependía del tiempo y de las circunstancias. Según en qué condiciones, había menos que hacer en esta línea que en las otras, y lo mismo podía aplicarse a determinadas horas del día y de la noche. En días de buen tiempo, durante algún rato, abandonaba las sombras de allí abajo; pero como en cualquier momento podía reclamarle su campanilla eléctrica, prestaba oído con doble ansiedad, y su satisfacción era mucho menor de lo que podía suponer.

Me llevó a su caseta, en la que había un fuego, un escritorio con un libro oficial en el que tenía que hacer algunas anotaciones, un aparato telegráfico, con su dial y sus agujas, y la campanilla de la que ya me había hablado. Cuando le dije que confiaba en que disculpara mi comentario, pero que pensaba que había tenido una buena educación, incluso (confiaba me permitiera decirlo sin ofenderle) quizá por encima de aquel puesto, me hizo observar que este tipo de rarezas no eran poco habituales en los colectivos humanos más vastos; tenía idea de que así ocurría en las cárceles, en el Cuerpo de Policía, incluso en lo que se considera el recurso más desesperado, la Armada; y que esto también sucedía, más o menos, en toda compañía ferroviaria de ciertas dimensiones. Cuando era joven había sido estudiante de Filosofía Natural (dudaba que yo pudiese creerlo, viéndole en aquella barraca; casi no lo creía él mismo) y había asistido a varios cursos; pero lo había abandonado, desperdició sus oportunidades, se hundió y ya no volvió a levantarse nunca. No tenía queja alguna al respecto: había construido su lecho y en él yacía. Era, con mucho, demasiado tarde para pensar en otro.

Todo lo que he condensado aquí, lo contó él de una manera pausada, con su mirada grave y oscura a caballo entre el fuego y mi persona. Le daba por llamarme *señor* de cuando en cuando, especialmente si se refería a su juventud, como pidiéndome que comprendiese que no había pretendido ser más de lo que yo veía que era. Varias veces le interrumpió la campanilla, leyó mensajes y envió respuestas. En una ocasión tuvo que cruzar la puerta y desplegar su banderín mientras pasaba un tren, a la vez que le hacía algún comunicado verbal al conductor. Observé que en el cumplimiento de su trabajo era extremadamente exacto y vigilante, que interrumpía lo que estaba diciendo y que permanecía en silencio hasta que había terminado lo que tenía que hacer.

En pocas palabras, habría considerado a este hombre el más fiable de todos para desempeñar aquel puesto, de no haber sido porque, mientras me estaba hablando, en un par de ocasiones perdió el color, se volvió hacia la campanilla cuando ésta no había sonado, abrió la puerta de la caseta (que permanecía cerrada para aislarnos de la insalubre humedad) y miró hacia la luz roja que se encontraba junto a la boca del túnel. En ambas ocasiones volvió al fuego con el mismo aire inexplicable que ya había observado en él, y que no sería capaz de definir encontrándonos a tanta distancia.

Le dije, cuando me puse en pie para irme:

—Casi me ha hecho pensar que he conocido a un hombre satisfecho. (Me temo, he de reconocer, que lo dije para hacerle seguir hablando.)

—Creo que lo fui —replicó con la misma voz profunda con que había hablado al comienzo—, pero estoy turbado, señor, estoy turbado.

Se habría retractado de sus palabras si hubiera podido. Pero las había dicho, y yo me agarré a ellas rápidamente:

—¿Por qué?, ¿cuál es su problema?

—Es muy difícil de explicar, señor. Es muy, muy difícil hablar de ello. Si vuelve a visitarme en otra ocasión, trataré de contárselo.

—Desde luego que tengo intención de hacerle otra visita. Dígame, ¿cuándo podría ser?

—Me voy al amanecer y volveré mañana a las diez de la noche, señor.

—Entonces vendré a las once.

Me dio las gracias y me acompañó a la puerta:

—Le alumbraré con mi linterna —dijo con su peculiar voz profunda— hasta que haya encontrado el camino de subida. Pero cuando lo encuentre ¡no me avise!, y cuando haya llegado a la cima ¡no me avise!

Su comportamiento hizo que el lugar me pareciera aún más frío, pero dije solamente:

—Muy bien.

—Y cuando vuelva mañana ¡no me avise! Déjeme preguntarle algo antes de que se vaya. ¿Qué le impulsó antes a gritar: «¡Eh!, ¡ahí abajo!»?

—No lo sé —dije—. ¿Es que grité algo así?

—No algo así, señor. Exactamente esas palabras. Lo sé muy bien.

—Admitamos que fueron exactamente esas palabras. Las dije, sin duda, porque le vi a usted ahí abajo.

—¿Por ninguna otra razón?

—¿Qué otra razón podía tener?

—¿No tuvo la sensación de que le fuesen transmitidas de alguna manera sobrenatural?

—No.

Me deseó buenas noches y sostuvo en alto su linterna. Caminé entre las vías (con la desagradable sensación de que un tren venía tras de mí), hasta que encontré el sendero. Era más fácil la subida que el descenso, y llegué a mi posada sin otro contratiempo.

Puntual con mi cita, la noche siguiente puse el pie en la primera hendidura del zigzagueante camino cuando los relojes daban las once. Me esperaba allá en el fondo, con su linterna encendida.

—No le he avisado —dije, cuando estuvimos más cerca—. ¿Puedo hablar ahora?

—Por supuesto, señor.

—En ese caso, buenas noches, y aquí está mi mano.

—Buenas noches, señor. Aquí está la mía.

Tras esto, caminamos uno al lado del otro, hasta la caseta; entramos, cerró la puerta y nos sentamos junto al fuego.

—Ya me he decidido, señor —comenzó inclinándose, en cuanto nos hubimos instalado, y habló en un tono que era poco más que un susurro—. No tendrá que preguntarme por segunda vez qué es lo que me turba. Anoche le tomé por otra persona. Lo que me turba es precisamente eso.

—¿Esa confusión?

—No. Esa otra persona.

—¿Quién es?

—No lo sé.

—¿Es como yo?

—No lo sé. Nunca he visto su cara. El brazo izquierdo le cubre el rostro y agita el derecho. Lo agita violentamente. Así.

Seguí sus indicaciones con la mirada, mientras movía un brazo como queriendo dar a entender con la mayor pasión y vehemencia: «Por el amor de Dios, despejen el camino».

—Una noche de luna llena —me dijo el hombre— estaba sentado aquí, cuando oí una voz que gritaba «¡Eh!, ¡ahí abajo!». Me levanté de un salto, miré desde la puerta y vi a esa otra Persona junto a la luz roja que hay cerca de la boca del túnel, haciendo gestos como le acabo de enseñar. La voz parecía ronca de tanto gritar, y chillaba: «¡Cuidado!, ¡cuidado!», y de nuevo: «¡Eh!, ¡ahí abajo!, ¡cuidado!». Cogí mi linterna, la puse en rojo y corrí hacia la figura, gritándole: «¿Qué va mal?, ¿qué ha pasado?, ¿dónde?». Estaba de pie justo en la boca de la negrura del túnel. Me acerqué tanto a él que me pareció extraño que siguiera cubriéndose los ojos con el brazo. Corrí directamente hacia él, alargando la mano para coger su brazo, pero había desaparecido.

—Dentro del túnel —dije yo.

—No. Recorrí el interior del túnel, unas quinientas yardas. Me detuve y, con la linterna sobre mi cabeza, vi las señales que miden las distancias, las manchas de humedad que penetran las paredes y gotean desde la bóveda. Salí corriendo, más rápido que cuando entré (es que aborrezco a muerte ese lugar), miré alrededor alumbrándome con mi propia luz roja, y subí por la escalera de hierro que lleva a la galería que hay justo encima, bajé y regresé corriendo aquí. Telegrafié en ambas direcciones: «Se ha recibido una alarma. ¿Algo va mal?». De las dos direcciones llegó la misma respuesta: «Todo bien».

Resistiéndome a la leve sensación de que un dedo helado rozaba mi espina dorsal, le expliqué que aquella figura había debido de ser una mala pasada de su sentido visual, y que se sabía que tales figuras, originadas por desarreglos de los delicados nervios que administran las funciones del ojo, turbaban con frecuencia a enfermos, algunos de los cuales habían llegado a ser conscientes de la naturaleza de sus males e incluso la habían demostrado mediante experimentos con ellos mismos.

—En cuanto a un grito imaginario —añadí—, ¡escuche por un momento el viento de este extraño valle mientras hablamos tan bajo y los disparatados sonidos de arpa que arranca a los cables telegráficos!

Todo estaba muy bien, replicó, tras haber estado ambos escuchando durante un rato (y él debía de saber bastante sobre el viento y los cables, ya que era quien pasaba largas noches de invierno ahí, solo y expectante). Pero me rogó que me diese cuenta de que no había terminado.

Le pedí perdón y, tocándome el brazo, añadió estas palabras:

—No habían pasado seis horas de la aparición, cuando se produjo el accidente de esta línea, ni habían pasado diez cuando los muertos y heridos fueron sacados a través del túnel por el lugar en el que había estado la figura.

Me recorrió un desagradable escalofrío. No podía negarse, repuse, que había sido una coincidencia notable, lo bastante profunda para impresionar su mente. Pero no hay duda de que coincidencias tan notables ocurren continuamente y deben tenerse en consideración al tratar estos temas. Aunque, indudablemente, debía admitir, añadí (viendo que estaba a punto de refutar mis objeciones), que las personas con sentido común no dejan mucho espacio para coincidencias en los cálculos ordinarios de la vida.

De nuevo me hizo saber que me diese cuenta de que no había terminado.

Y de nuevo le pedí perdón por mis involuntarias interrupciones.

—Esto —dijo, apoyando una vez más su mano en mi brazo y mirando por encima del hombro con ojos hundidos— fue exactamente hace un año. Pasaron seis o siete meses, y ya me había recuperado de la sorpresa e impresión, cuando una mañana, al romper el día, me encontraba junto a la puerta, miré hacia la luz roja y volví a ver el espectro.

Se detuvo mirándome fijamente.

—¿Gritó?

—No. Guardó silencio.

—¿Movía el brazo?

—No. Estaba apoyado contra el poste de la luz roja, con las dos manos cubriéndole el rostro. Así.

Una vez más observé su gesto. Y fue un gesto de dolor. He visto actitudes similares en las estatuas que se encuentran sobre algunas tumbas.

—¿Se acercó a él?

—No. Entré en mi caseta y me senté; en parte para ordenar mis ideas, en parte porque había quedado desfallecido. Cuando volví a salir a la puerta, la luz del día estaba sobre mí y el fantasma se había ido.

—Pero, ¿no pasó nada más?, ¿no ocurrió algo después?

Me tocó el brazo con el dedo índice dos o tres veces, asintiendo lúgubremente con la cabeza.

—Ese mismo día, cuando el tren salía del túnel, advertí en una ventanilla que daba a mi lado algo que me pareció un amasijo de cabezas y manos y una especie de gesto. Vi aquello justo a tiempo para hacerle al conductor la señal de «¡Pare!». Cortó el circuito y puso el freno, pero el tren aún se deslizó ciento cincuenta yardas o más. Corrí tras él y, mientras lo hacía, oí unos llantos y gritos terribles. Una bella joven había muerto repentinamente en uno de los compartimentos y la trajeron aquí; yacía en este mismo suelo, aquí donde estamos nosotros.

Aparté mi silla involuntariamente, miré las tablas que señalaba y luego le miré a él.

—Cierto, señor, cierto. Se lo cuento tal y como sucedió.

No se me ocurrió nada que decir en ningún sentido, y se me había quedado la boca absolutamente seca. El viento y los cables prolongaban la historia en un largo lamento desolado.

El retomó la palabra:

—Ahora, señor, fíjese en esto y juzgue hasta qué punto se halla turbado mi espíritu. El espectro volvió hace una semana. Desde entonces ha estado aquí, una y otra vez, a intervalos.

—¿Junto a la luz?

—Junto a la luz de peligro.

—Y ¿qué diría que hace?

Repitió, aún con mayor pasión y vehemencia, si es que es posible, los anteriores gestos de «¡Por Dios, despejen la vía!».

—No tengo paz ni descanso. Me llama durante varios minutos seguidos, de una manera agonizante: «Ahí abajo, ¡cuidado!, ¡cuidado!». Se queda de pie, gesticulando, y hace sonar mi campanilla...

Me agarré a esto:

—¿Hizo sonar su campanilla anoche, mientras yo estaba aquí, y usted salió a la puerta?

—En dos ocasiones.

—Bien, observe —dije yo— cómo le engaña su imaginación. Tuve mis ojos clavados en la campanilla y mis oídos bien despiertos, y tan cierto como que estoy vivo, en aquellos momentos *no* sonó. No. Y tampoco lo hizo en ninguna otra ocasión, si exceptuamos cuando funcionó debido al curso normal del trabajo, al comunicar la estación con usted.

Movió la cabeza:

—No he tenido, aún, ninguna confusión a este respecto, señor. Nunca he confundido el sonido espectral de la campanilla con el humano. El sonido del fantasma es una extraña vibración de la campana, que no proviene de fenómeno alguno, y no he afirmado que la campana se mueva visiblemente.

No me sorprende que usted no la haya oído. Pero *yo* sí la oí.

—¿Y le pareció ver al espectro allí, cuando salió a mirar?

—*Estaba* allí.

—¿En ambas ocasiones?

Dijo firmemente:

—En ambas ocasiones.

—¿Quiere acercarse a la puerta conmigo y observar ahora?

Se mordió el labio inferior mostrando cierta desgana, pero se levantó. Abrí la puerta y me quedé en el escalón, mientras él permanecía en el umbral. Allí estaba la luz de peligro. Allí estaba la tenebrosa boca del túnel. Allí estaban los altos muros de piedra del precipicio. Allí estaban, sobre todo, las estrellas.

—¿Lo ve? —le pregunté, prestando especial atención a su rostro.

Tenía los ojos fijos y en tensión, pero quizá no mucho más que los míos cuando los dirigía impacientemente hacia el mismo punto.

—No —respondió—, no está ahí.

—De acuerdo —le dije.

Entramos de nuevo, cerramos la puerta y volvimos a nuestros asientos. Estaba pensando en la mejor forma de aprovechar esta ventaja, si es que se la podía considerar como tal, cuando él retomó el tema de una forma tan absolutamente natural, dando por supuesto que no podía haber entre nosotros serias divergencias respecto a los hechos, que me sentí en una situación de lo más impotente.

—A estas alturas, señor, ya habrá comprendido perfectamente —dijo— que lo que me angustia tan profundamente es lo siguiente: ¿qué quiere decirme el espectro?

Le contesté que no estaba seguro de haber comprendido perfectamente.

—¿Contra qué me previene? —dijo meditabundo, con sus ojos clavados en el fuego y volviéndose hacia mí sólo de vez en cuando—, ¿cuál es el peligro? Hay un peligro en el aire, flotando sobre algún lugar de la línea. Una horrible calamidad va a suceder. En esta ocasión no cabe la menor duda. Es una obsesión *para mí*. ¿Qué puedo hacer?

Sacó su pañuelo y se secó las gotas de sudor de su frente acalorada.

—Si telegrafío «peligro» en una dirección de la línea, o en ambas, no tengo prueba alguna que aportar —siguió, secándose las palmas de las manos—. Probablemente me meta en problemas y no haga bien. Podrían pensar que estoy loco. Tendría que actuar de esta manera:

Mensaje: «Peligro. Tomen precauciones.» Respuesta: «¿Qué peligro?, ¿dónde?». Mensaje: «No lo sé, pero por el amor de Dios, tomen precauciones». Me despedirían. ¿Qué otra cosa podrían hacer?

Era muy triste ver el tormento de su espíritu, la tortura mental de un hombre consciente, sometido a la angustia insoportable de una vida intrincada en una responsabilidad que escapaba a su inteligencia.

—Cuando apareció el espectro por primera vez junto a la luz roja —continuó echando hacia atrás su cabello oscuro y frotándose las sienes con las manos una y otra vez, en el extremo de una angustia febril—, ¿por qué no me dijo dónde sucedería el accidente, si tenía que suceder?, ¿por qué la segunda vez que vino ocultaba su rostro?, ¿por qué, en lugar de eso, no me dijo: «Ella va a morir. Que la dejen en casa.»? Si en estas dos ocasiones vino tan sólo para demostrarme que sus advertencias eran ciertas y prepararme para esta tercera, ¿por qué no ha acudido a alguien digno de crédito y que pueda actuar?

Al verle en semejante estado me di cuenta de que, tanto para el bien del pobre hombre como para la seguridad pública, lo que tenía que hacer, de momento, era apaciguar su mente. Por lo tanto, dejé a un lado todas las cuestiones sobre la realidad o la irrealidad y le hice observar que si un hombre cumplía con su deber estrictamente, hacía bien, y que le quedaba la satisfacción de haber entendido lo que era su obligación, aunque no alcanzase a comprender el significado de esas confusas Apariciones. En este esfuerzo tuve un éxito mayor que en los intentos de hacerle desistir de sus convicciones. Empezó a calmarse, las ocupaciones propias de su puesto, como la noche anterior, comenzaron a requerir su atención por más tiempo, y le dejé a las dos de la madrugada. Le había ofrecido quedarme toda la noche, pero no quiso ni oír hablar de ello.

Me volví a mirar la luz roja según ascendía por el sendero; que no me gustaba la luz roja y que habría dormido francamente mal de encontrarse mi cama bajo ella, no voy a ocultarlo. Y no me gustaron las dos historias del accidente y la muerte de la chica. Tampoco veo razón para ocultarlo.

Pero lo que más ocupaba mi mente era la reflexión sobre cómo debía actuar, al haberme convertido en depositario de estas confidencias. Había comprobado que se trataba de un hombre inteligente, atento, trabajador y serio; pero, ¿cuánto tiempo seguiría siéndolo en semejante estado mental? A pesar de ocupar un cargo de subordinado, tenía una importante responsabilidad; ¿confiaría yo (por ejemplo) mi propia vida a la posibilidad de que continuase desempeñándola con precisión?

Fui incapaz de vencer el sentimiento de que sería una especie de traición si comunicaba a sus superiores lo que me había contado, sin antes hablar francamente con él. Debía proponerle una solución intermedia: decidí ofrecerme para acompañarle (pero guardando, de momento, el secreto) al mejor médico que pudiésemos encontrar en la zona y recabar su opinión. Me había comunicado que la noche siguiente habría un cambio en el horario de trabajo: se marcharía una o dos horas antes del amanecer y volvería después de la puesta de sol. Yo había quedado en presentarme en poco más tarde.

Al día siguiente, el atardecer era espléndido y salí temprano para disfrutarlo. El sol aún no se había puesto cuando crucé el camino que bordeaba el precipicio. Alargaría el paseo una hora, me dije, media hora de ida y otra media de vuelta, y entonces habría llegado el momento de ir a la caseta del guardavía.

Antes de continuar mi caminata, me paré en el borde y, mecánicamente, miré hacia abajo desde el mismo lugar desde el que le había visto por primera vez. No podría describir el estremecimiento que me recorrió cuando, junto a la boca del túnel, vi a una figura que se tapaba los ojos con el brazo izquierdo y hacía violentamente gestos con su mano derecha.

El horror innombrable que me oprimía pasó en un momento, en el instante mismo en que me di cuenta de que esa figura era, de hecho, un hombre y que, a poca distancia, se hallaba un pequeño grupo de personas, a quienes se dirigían los gestos que estaba haciendo. La luz de peligro no estaba todavía encendida. Junto al poste había sido construido, con madera y una lona, un pequeño armazón muy bajo, enteramente nuevo para mí. No parecía mayor que una cama.

Descendí por el sendero tan rápido como pude, con la irresistible sensación de que algo marchaba mal; me reprochaba haber dejado a aquel hombre, allí, sin nadie que le vigilara o corrigiese lo que hacía, ante el peligro de un desenlace fatal.

—¿Qué es lo que ocurre? —pregunté.

—El guardavía ha resultado muerto esta mañana, señor.

—¿El hombre que ocupaba esta caseta?

—Sí, señor.

—¿El hombre al que yo conocía?

—Lo reconocerá, señor, si le había visto —dijo el hombre que hablaba por los demás, descubriéndose la cabeza con solemnidad y levantando el extremo de la lona—. Su rostro está intacto.

—¡Oh! ¿Cómo ocurrió esto?, ¿cómo ocurrió? —pregunté, volviéndome de uno a otro, cuando hubo cubierto de nuevo el cadáver.

—Lo atropelló una locomotora, señor. Ningún hombre en Inglaterra conocía mejor su trabajo. Pero algo no debía estar bien en la vía. Fue justo al amanecer. Había apagado la luz y llevaba su linterna cuando la máquina salió del túnel; él le daba la espalda, y lo atropelló. Este hombre la conducía y nos estaba explicando cómo sucedió. Explíqueselo al caballero, Tom.

El hombre, que vestía un traje tosco y oscuro, retrocedió hasta el lugar donde habíamos estado antes, junto a la boca del túnel:

—Después de tomar la curva del túnel, señor —dijo—, le descubrí al otro extremo, como si le viese por el tubo de un catalejo. No había tiempo de reducir la velocidad, y sabía que él era un hombre muy cuidadoso. Como no pareció hacer caso del pitido, quité la marcha cuando ya nos abalanzábamos sobre él y le grité tan fuerte como pude.

—¿Qué dijo usted?

—Dije: «¡Ahí abajo!, ¡cuidado!, ¡cuidado!, ¡por el amor de Dios, despejen la vía!»

Me sobresalté.

—¡Ay! Fue un rato horrible, señor. No paré de gritar. Me puse este brazo delante de los ojos, para no verlo, y agité el otro hasta el último momento, pero no sirvió de nada.

Para no prolongar el relato extendiéndome en alguna de sus circunstancias más que en otra, puedo, para terminar, señalar la coincidencia de que las advertencias del conductor de la locomotora incluían no sólo las palabras que el desafortunado guardavía me había repetido como su obsesión, sino también las palabras que yo mismo —y no él— había asociado, tan sólo en mi mente, a los gestos que había imitado.

El fantasma de Canterville

Oscar Wilde

Traducido por Julio Gómez de la Serna

El fantasma de Canterville

Es frustrante para un fantasma no lograr asustar aun imponiéndoselo como reto. Y más, el ganarse la indiferencia de algunos; y, todavía peor, el ser asustado por otros.

Así le ocurre al fantasma inglés de Canterville Chase, con un «brillante historial» de más de trescientos años, que con su sólo aspecto causaba pavor y, ahora, por muchas cadenas que cuelguen de sus muñecas, ya no lo logra. Por mucho que lo intenta, no consigue asustar a la familia americana y se convierte en un fantasma burlado, derrotado, agotado, definitivamente atípico. Sir Simón de Canterville es tal fantasma, al que no dejan siquiera hacer funcionar sus «efectos especiales». Sólo con la jovencita Virginia le irá bien.

En 1891 Oscar Wilde publicó su conocida novela *El retrato de Dorian Gray* y varios relatos bajo el título *El crimen de lord Arthur Savile y otros cuentos*, colección que incluye *El fantasma de Canterville*. Esta historia es un buen ejemplo del humor wildeano, donde se suceden multitud de situaciones divertidas que, a la larga, resultan inquietantes porque la atmósfera sobrenatural ha sido plenamente lograda por el autor.

Wilde también aprovecha, caricaturizando a los personajes, para criticar con ironía dos mundos: el de la vieja Inglaterra –que primero le ensalzó y después le hundió– y el de la joven América. Los ingleses, respetuosos con sus tradiciones –y los espectros están incluidos en ellas–, reaccionan ante un fantasma como «deben», aterrándose. En cambio, los americanos, llegados de un «país moderno», lo hacen de una forma práctica.

Aunque hayas visto alguna buena adaptación al cine de este relato, te recomiendo disfrutar con la descripción literaria que te ofrece Oscar Wilde.

J.J.P.

I

Cuando míster Hiram B. Otis, el ministro de América, compró Canterville Chase, todo el mundo le dijo que cometía una gran necedad, porque la finca estaba embrujada.

Hasta el mismo lord Canterville, como hombre de la más escrupulosa honradez, se creyó en el deber de participárselo a mister Otis, cuando llegaron a discutir las condiciones.

—Nosotros mismos —dijo lord Canterville— nos hemos resistido en absoluto a vivir en ese sitio desde la época en que mi tía abuela, la duquesa de Bolton, tuvo un desmayo, del que nunca se repuso por completo, motivado por el espanto que experimentó al sentir que dos manos de esqueleto se posaban sobre sus hombros, estando vistiéndose para cenar. Me creo en el deber de decirle, míster Otis, que el fantasma ha sido visto por varios miembros de mi familia, que viven actualmente, así como por el rector de la parroquia, el reverendo Augusto Dambier, agregado del King's College, de Oxford. Después del trágico accidente ocurrido a la duquesa, ninguna de las doncellas quiso quedarse en casa, y lady Canterville no pudo ya conciliar el sueño, a causa de los ruidos misteriosos que llegaban del corredor y de la biblioteca.

—Milord —respondió el ministro—, adquiriré el inmueble y el fantasma, bajo inventario. Llego de un país moderno, en el que podemos tener todo cuanto el dinero es capaz de proporcionar, y esos mozos nuestros, jóvenes y avispados, que recorren de parte a parte el viejo continente, que se llevan los mejores actores de ustedes, y sus mejores *prima donnas*, estoy seguro de que si queda todavía un verdadero fantasma en Europa vendrán a buscarlo en seguida para colocarlo en uno de nuestros museos públicos o para pasearle por los caminos como un fenómeno.

—El fantasma existe, me lo temo —dijo lord Canterville, sonriendo—, aunque quizá se resiste a las ofertas de los intrépidos empresarios de ustedes. Hace más de tres siglos que se le conoce. Data, con precisión, de mil quinientos setenta y cuatro, y no deja de mostrarse nunca cuando está a punto de ocurrir alguna defunción en la familia.

—¡Bah! Los médicos de cabecera hacen lo mismo, lord Canterville. Amigo mío, un fantasma no puede existir, y no creo que las leyes de la Naturaleza admitan excepciones a favor de la aristocracia inglesa.

—Realmente son ustedes muy naturales en América —dijo lord Canterville, que no acababa de comprender la última observación de mister Otis—. Ahora bien: si le gusta a usted tener un fantasma en casa, mejor que mejor. Acuérdese únicamente de que yo le previne.

Algunas semanas después se cerró el trato, y a fines de estación el ministro y su familia emprendieron el viaje hacia Canterville.

Mistress Otis, que con el nombre de miss Lucrecia R. Tappan, de la calle West, 52, había sido una ilustre «beldad» de Nueva York, era todavía una mujer guapísima, de edad regular, con unos ojos hermosos y un perfil soberbio.

Muchas damas americanas, cuando abandonan su país natal, adoptan aires de persona atacada de una enfermedad crónica, y se figuran que eso es uno de los sellos de distinción de Europa; pero mistress Otis no cayó nunca en ese error.

Tenía una naturaleza magnífica y una abundancia extraordinaria de vitalidad.

A decir verdad, era completamente inglesa bajo muchos aspectos, y hubiese podido citársela en buena lid para sostener la tesis de que lo tenemos todo en común con América hoy día, excepto la lengua, como es de suponer.

Su hijo mayor, bautizado con el nombre de Washington por sus padres, en un momento de patriotismo que él no cesaba de lamentar, era un muchacho rubio, de bastante buena figura, que se había erigido en candidato a la diplomacia, dirigiendo un cotillón en el casino de Newport durante tres temporadas seguidas, y aun en Londres pasaba por ser un bailarín excepcional.

Sus únicas debilidades eran las gardenias y la patria; aparte de esto, era perfectamente sensato.

Miss Virginia E. Otis era una muchachita de quince años, esbelta y graciosa como un cervatillo, con un bonito aire de despreocupación en sus grandes ojos azules.

Era una amazona maravillosa, y sobre su *poney* derrotó una vez en carreras al viejo lord Bilton, dando dos veces la vuelta al parque, ganándole por caballo y medio, precisamente frente a la estatua de Aquiles, lo cual provocó un entusiasmo tan delirante en el joven duque de Cheshire, que la propuso acto continuo el matrimonio, y sus tutores tuvieron que expedirle aquella misma noche a Eton, bañado en lágrimas.

Después de Virginia venían dos gemelos, conocidos de ordinario con el nombre de Estrellas y Bandas, porque se les encontraba siempre ostentándolas.

Eran unos niños encantadores, y, con el ministro, los únicos verdaderos republicanos de la familia.

Como Canterville Chase está a siete millas de Ascot, la estación más próxima, míster Otis telegrafió que fueran a buscarle en coche descubierto, y emprendieron la marcha en medio de la mayor alegría.

Era una noche encantadora de julio, en que el aire estaba aromado de olor a pinos.

De cuando en cuando oíase a una paloma arrullándose con su voz más dulce, o entreveíase, entre la maraña y el fru–fru de los helechos, la pechuga de oro bruñido de algún faisán.

Ligeras ardillas los espiaban desde lo alto de las hayas a su paso; unos conejos corrían como exhalaciones a través de los matorrales o sobre los collados herbosos, levantando su rabo blanco.

Sin embargo, no bien entraron en la avenida de Canterville Chase, el cielo se cubrió repentinamente de nubes. Un extraño silencio pareció invadir toda la atmósfera, una gran bandada de cornejas cruzó calladamente por encima de sus cabezas, y antes de que llegasen a la casa ya habían caído algunas gotas.

En los escalones se hallaba para recibirles una vieja, pulcramente vestida de seda negra, con cofia y delantal blancos.

Era mistress Umney, el ama de gobierno que mistress Otis, a vivos requerimientos de lady Canterville, accedió a conservar en su puesto.

Hizo una profunda reverencia a la familia cuando echaron pie a tierra, y dijo, con un singular acento de los buenos tiempos antiguos:

—Les doy la bienvenida a Canterville Chase.

La siguieron, atravesando un hermoso *hall*, de estilo Tudor, hasta la biblioteca, largo salón espacioso que terminaba en un ancho ventanal acristalado.

Estaba preparando el té.

Luego, una vez que se quitaron los trajes de viaje, sentáronse todos y se pusieron a curiosear en torno suyo, mientras mistress Umney iba de un lado para otro.

De pronto, la mirada de mistress Otis cayó sobre una mancha de un rojo oscuro que había sobre el pavimento, precisamente al lado de la chimenea y, sin darse cuenta de sus palabras, dijo a mistress Umney:

—Veo que han vertido algo en ese sitio.

—Sí, señora —contestó mistress Umney en voz baja—. Ahí se ha vertido sangre.

—¡Es espantoso! —exclamó mistress Otis—. No quiero manchas de sangre en un salón. Es preciso quitar eso inmediatamente.

La vieja sonrió, y con la misma voz baja y misteriosa, respondió:

—Es sangre de lady Leonor de Canterville, que fue muerta en ese mismo sitio por su propio marido, sir Simón de Canterville, en mil quinientos sesenta y cinco. Sir Simón la sobrevivió nueve años, desapareciendo de repente en circunstancias misteriosísimas. Su cuerpo no se encontró nunca, pero su alma culpable sigue embrujando la casa. La mancha de sangre ha sido muy admirada por los turistas y por otras personas, pero quitarla, imposible.

—Todo eso son tonterías —exclamó Washington Otis—. El producto «quitamanchas», el limpiador incomparable del «campeón *Pinkerton*» hará desaparecer eso en un abrir y cerrar de ojos.

Y antes de que el ama de gobierno, aterrada, pudiese intervenir, ya se había arrodillado y frotaba vivamente el entarimado con una barrita de una sustancia parecida al cosmético negro.

A los pocos instantes la mancha había desaparecido sin dejar rastro.

—Ya sabía yo que el *Pinkerton* la borraría —exclamó en tono triunfal, paseando una mirada circular sobre su familia, llena de admiración.

Pero apenas había pronunciado aquellas palabras, cuando un relámpago formidable iluminó la estancia sombría, y el retumbar del trueno levantó a todos, menos a mistress Umney, que se desmayó.

—¡Qué clima más atroz! —dijo tranquilamente el ministro, encendiendo un largo veguero—. Creo que el país de los abuelos está tan lleno de gente, que no hay buen tiempo bastante para todo el mundo. Siempre opiné que lo mejor que pueden hacer los ingleses es emigrar.

—Querido Hiram —replicó mistress Otis—, ¿qué podemos hacer con una mujer que se desmaya?

—Descontaremos eso de su salario en caja. Así no se volverá a desmayar.

En efecto, mistress Umney no tardó en volver en sí. Sin embargo, veíase que estaba conmovida hondamente, y con voz solemne advirtió a mistress Otis que debía esperarse algún disgusto en la casa.

—Señores, he visto con mis propios ojos unas cosas... que pondrían los pelos de punta a un cristiano. Y durante noches y noches no he podido pegar los ojos a causa de los hechos terribles que pasaban.

A pesar de lo cual, míster Otis y su esposa aseguraron vivamente a la buena mujer que no tenían miedo ninguno de los fantasmas.

La vieja ama de llaves, después de haber impetrado la bendición de la Providencia sobre sus nuevos amos y de arreglárselas para que le aumentasen el salario, se retiró a su habitación renqueando.

II

La tempestad se desencadenó durante toda la noche, pero no produjo nada extraordinario.

Al día siguiente, por la mañana, cuando bajaron a almorzar, encontraron de nuevo la terrible mancha sobre el entarimado.

—No creo que tenga la culpa el «limpiador sin rival» —dijo Washington—, pues lo he ensayado sobre toda clase de manchas. Debe de ser cosa del fantasma.

En consecuencia, borró la mancha, después de frotar un poco.

Al otro día, por la mañana, había reaparecido.

Y, sin embargo, la biblioteca permanecía cerrada la noche anterior, llevándose arriba la llave mistress Otis.

Desde entonces, la familia empezó a interesarse por aquello.

Míster Otis se hallaba a punto de creer que había estado demasiado dogmático negando la existencia de los fantasmas.

Mistress Otis expresó su intención de afiliarse a la Sociedad Psíquica, y Washington preparó una larga carta a míster Myers y Podmore, basada en la persistencia de las manchas de sangre cuando provienen de un crimen.

Aquella noche disipó todas las dudas sobre la existencia objetiva de los fantasmas.

La familia había aprovechado la frescura de la tarde para dar un paseo en coche.

Regresaron a las nueve, tomando una ligera cena.

La conversación no recayó ni un momento sobre los fantasmas, de manera que faltaban hasta las condiciones más elementales de «espera» y de «receptibilidad» que preceden tan a menudo a los fenómenos psíquicos.

Los asuntos que discutieron, por lo que luego he sabido por mistress Otis, fueron simplemente los habituales en la conversación de los americanos cultos que pertenecen a las clases elevadas, como, por ejemplo, la inmensa superioridad de miss Janny Davenport sobre Sarah Bernhardt, como actriz; la dificultad para encontrar maíz verde, galletas de trigo sarraceno y polenta, aun en las mejores casas inglesas; la importancia de Boston en el desenvolvimiento del alma universal; las ventajas del sistema que consiste en anotar los equipajes de los viajeros, y la dulzura del acento neoyorquino, comparado con el dejo de Londres.

No se trató para nada de lo sobrenatural, no se hizo ni la menor alusión indirecta a sir Simón de Canterville.

A las once, la familia se retiró.

A las doce y media estaban apagadas todas las luces.

Poco después, míster Otis se despertó con un ruido singular en el corredor, fuera de su habitación. Parecía un ruido de hierros viejos, y se acercaba cada vez más.

Se levantó en el acto, encendió la luz y miró la hora. Era la una en punto.

Míster Otis estaba perfectamente tranquilo. Se tomó el pulso y no le encontró nada alterado.

El ruido extraño continuaba, al mismo tiempo que se oía claramente el sonar de unos pasos.

Míster Otis se puso las zapatillas, cogió un frasquito alargado de su tocador y abrió la puerta.

Y vio frente a él, en el pálido claro de luna, a un viejo de aspecto terrible.

Sus ojos parecían carbones encendidos. Una larga cabellera gris caía en mechones revueltos sobre sus hombros. Sus ropas, de corte anticuado, estaban manchadas y en jirones. De sus muñecas y de sus tobillos colgaban unas pesadas cadenas y unos grilletes herrumbrosos.

—Mi distinguido señor —dijo míster Otis—, permítame que le ruegue vivamente que se engrase esas cadenas. Le he traído para ello una botellita del engrasador *Tammany–Sol–Levante*. Dicen que una sola untura es eficacísima, y en la etiqueta hay varios certificados de nuestros teólogos más ilustres, que dan fe de ello. Voy a dejársela aquí, al lado de las mecedoras, y tendré un verdadero placer en proporcionarle más, si así lo desea.

Dicho lo cual el ministro de los Estados Unidos dejó el frasquito sobre una mesa de mármol, cerró la puerta y se volvió a meter en la cama.

El fantasma de Canterville permaneció algunos minutos inmóvil de indignación.

Después, tiró, lleno de rabia, el frasquito contra el suelo encerado y huyó por el corredor, lanzando gruñidos cavernosos y despidiendo una extraña luz verde.

Sin embargo, cuando llegaba a la gran escalera de roble, se abrió de repente una puerta. Aparecieron dos siluetas infantiles, vestidas de blanco, y una voluminosa almohada le rozó la cabeza.

Evidentemente, no había tiempo que perder; así es que, utilizando como medio de fuga la cuarta dimensión del espacio, se desvaneció a través del estuco, y la casa recobró su tranquilidad.

Llegado a un cuartito secreto del ala izquierda, se adosó a un rayo de luna para tomar aliento, y se puso a reflexionar para darse cuenta de su situación.

Jamás en toda su brillante carrera, que duraba ya trescientos años seguidos, fue injuriado tan groseramente.

Se acordó de la duquesa viuda, en quien provocó una crisis de terror, estando mirándose al espejo, cubierta de brillantes y de encajes; de las cuatro doncellas a quienes había enloquecido, produciéndoles convulsiones histéricas, sólo con hacerlas visajes entre las cortinas de una de las habitaciones destinadas a invitados; del rector de la parroquia, cuya vela apagó de un soplo cuando volvía el buen señor de la biblioteca a una hora avanzada, y que desde entonces se convirtió en mártir de toda clase de alteraciones nerviosas; de la vieja señora de Tremouillac, que, al despertarse a medianoche, le vio sentado en un sillón, al lado de la lumbre, en forma de esqueleto, entretenido en leer el diario que redactaba ella de su vida, y que de resultas de la impresión tuvo que guardar cama durante seis meses, víctima de un ataque cerebral. Una vez curada se reconcilió con la Iglesia y rompió toda clase de relaciones con el señalado escéptico monsieur de Voltaire.

Recordó igualmente la noche terrible en que el bribón de lord Canterville fue hallado agonizante en su tocador, con una sota de espadas hundida en la garganta, viéndose obligado a confesar que por medio de aquella carta había timado la suma de diez mil libras a Carlos Fos, en casa de Grookford. Y juraba que aquella carta se la hizo tragar el fantasma.

Todas sus grandes hazañas le volvían a la memoria.

Vio desfilar al mayordomo que se levantó la tapa de los sesos por haber visto una mano verde tamborilear sobre los cristales, y la bella lady Steefield, condenada a llevar alrededor del cuello un collar de terciopelo negro para tapar la señal de cinco dedos, impresos como un hierro candente sobre su blanca piel, y que terminó por ahogarse en el vivero que había al extremo de la Avenida Real.

Y, lleno de entusiasmo ególatra del verdadero artista, pasó revista a sus creaciones más célebres.

Se dedicó una amarga sonrisa al evocar su última aparición en el papel de «Rubén el Rojo», o «el rorro estrangulado», su debut en el de «Gibeén, el Vampiro flaco del páramo de Bevley», y el furor que causó una tarde encantadora de junio sólo con jugar a los bolos con sus propios huesos sobre el campo de hierba de *lawn–tennis*.

¿Y todo para qué?

¡Para que unos miserables americanos le ofreciesen el engrasador marca *Sol–Levante* y le tirasen almohadas a la cabeza! Era realmente intolerable.

Además, la historia nos enseña que jamás fue tratado ningún fantasma de aquella manera.

Llegó a la conclusión de que era preciso tomarse la revancha, y permaneció hasta el amanecer en actitud de profunda meditación.

III

Cuando a la mañana siguiente el almuerzo reunió a la familia Otis, se discutió extensamente acerca del fantasma.

El ministro de los Estados Unidos estaba, como era natural, un poco ofendido viendo que su ofrecimiento no había sido aceptado.

—No quisiera en modo alguno injuriar personalmente al fantasma —dijo—, y reconozco que, dada la larga duración de su estancia en la casa, no era nada cortés tirarle una almohada a la cabeza...

Siento tener que decir que esta observación tan justa provocó una explosión de risa en los gemelos.

—Pero, por otro lado —prosiguió míster Otis—, si se empeña, sin más ni más, en no hacer uso del engrasador marca *Sol–Levante*, nos veremos precisados a quitarle las cadenas. No habría manera de dormir con todo ese ruido a la puerta de las alcobas.

Pero, sin embargo, en el resto de la semana no fueron molestados.

Lo único que les llamó la atención fue la reaparición continua de la mancha de sangre sobre el parqué de la biblioteca.

Era realmente muy extraño, tanto más cuanto que mistress Otis cerraba la puerta con llave por la noche, igual que las ventanas.

Los cambios de color que sufría la mancha, comparables a los de un camaleón, produjeron asimismo frecuentes comentarios en la familia.

Una mañana era de un rojo oscuro, casi violáceo; otras veces era bermellón; luego, de un púrpura espléndido, y un día, cuando bajaron a rezar, según los ritos sencillos de la libre iglesia episcopal reformada de América, la encontraron de un hermoso verde esmeralda.

Como era natural, estos cambios caleidoscópicos divirtieron grandemente a la reunión y hacíanse apuestas todas las noches con entera tranquilidad.

La única persona que no tomó parte en la broma fue la joven Virginia.

Por razones ignoradas, sentíase siempre impresionada ante la mancha de sangre, y estuvo a punto de llorar la mañana que apareció verde esmeralda.

El fantasma hizo su aparición el domingo por la noche. Al poco tiempo de estar todos ellos acostados, les alarmó un enorme estrépito que se oyó en el *hall*.

Bajaron apresuradamente, y se encontraron con que una armadura completa se había desprendido de su soporte, cayendo sobre las losas.

Cerca de allí, sentado en un sillón de alto respaldo, el fantasma de Canterville se restregaba las rodillas, con una expresión de agudo dolor sobre su rostro.

Los gemelos, que se habían provisto de sus cañas de majuelos, le lanzaron inmediatamente dos huesos, con esa seguridad de puntería que sólo se adquiere a fuerza de largos y pacientes ejercicios sobre el profesor de caligrafía.

Mientras tanto, el ministro de los Estados Unidos mantenía al fantasma bajo la amenaza de su revólver, y, conforme a la etiqueta californiana, le intimidaba a levantar los brazos.

El fantasma se alzó bruscamente, lanzando un grito de furor salvaje, y se disipó en medio de ellos, como una niebla, apagando de paso la vela de Washington Otis y dejándolos a todos en la mayor oscuridad.

Cuando llegó a lo alto de la escalera, una vez dueño de sí, se decidió a lanzar su célebre repique de carcajadas satánicas.

Contaba la gente que aquello hizo encanecer en una sola noche el peluquín de lord Raker.

Y que no necesitaron más tres sucesivas amas de gobierno para decidirse a «dimitir» antes de terminar el primer mes en su cargo.

Por consiguiente, lanzó una carcajada más horrible, despertando paulatinamente los ecos en las antiguas bóvedas; pero, apagados éstos, se abrió una puerta y apareció, vestida de azul claro, mistress Otis.

—Me temo —dijo la dama— que esté usted indispuesto, y aquí le traigo un frasco de la tintura del doctor Dobell. Si se trata de una indigestión, esto le sentará bien.

El fantasma la miró con ojos llameantes de furor y se creyó en el deber de metamorfosearse en un gran perro negro.

Era un truco que le había dado una reputación merecidísima, y al cual atribuía el médico de la familia la idiotez incurable del tío de lord Canterville, el honorable Tomás Horton.

Pero un ruido de pasos que se acercaban le hizo vacilar en su cruel determinación, y se contentó con volverse un poco fosforescente.

En seguida se desvaneció, después de lanzar un gemido sepulcral, porque los gemelos iban a darle alcance.

Una vez en su habitación sintióse destrozado, presa de la agitación más violenta.

La ordinariez de los gemelos, el grosero materialismo de mistress Otis, todo aquello resultaba realmente vejatorio; pero lo que más le humillaba era no tener ya fuerzas para llevar una armadura.

Contaba con hacer impresión aun en unos americanos modernos, con hacerles estremecer a la vista de un espectro acorazado, ya que no por motivos razonables, al menos por deferencia hacia su poeta nacional Longfellow, cuyas poesías, delicadas y atrayentes, habíanle ayudado con frecuencia a matar el tiempo, mientras los Canterville estaban en Londres.

Además, era su propia armadura. La llevó con éxito en el torneo de Kenilworth, siendo felicitado calurosamente por la Reina Virgen en persona.

Pero cuando quiso ponérsela quedó aplastado por completo con el peso de la enorme coraza y del yelmo de acero. Y se desplomó pesadamente sobre las losas de piedra, despellejándose las rodillas y contusionándose la muñeca derecha.

Durante varios días estuvo malísimo y no pudo salir de su morada más que lo necesario para mantener en buen estado la mancha de sangre.

No obstante lo cual, a fuerza de cuidados acabó por restablecerse y decidió hacer una tercera tentativa para aterrorizar al ministro de los Estados Unidos y a su familia.

Eligió para su reaparición en escena el viernes 17 de agosto, consagrando gran parte del día a pasar revista a sus trajes.

Su elección recayó al fin en un sombrero de ala levantada por un lado y caída del otro, con una pluma roja; en un sudario deshilachado por las mangas y el cuello y, por último, en un puñal mohoso.

Al atardecer estalló una gran tormenta. El viento era tan fuerte que sacudía y cerraba violentamente las puertas y ventanas de la vetusta casa. Realmente aquél era el tiempo que le convenía. He aquí lo que pensaba hacer:

Iría sigilosamente a la habitación de Washington Otis, le musitaría unas frases ininteligibles, quedándose al pie de la cama, y le hundiría tres veces seguidas el puñal en la garganta, a los sones de una música apagada.

Odiaba sobre todo a Washington, porque sabía perfectamente que era él quien acostumbraba quitar la famosa mancha de sangre de Canterville, empleando el «limpiador incomparable de *Pinkerton*».

Después de reducir al temerario, al despreocupado joven, entraría en la habitación que ocupaba el ministro de los Estados Unidos y su mujer.

Una vez allí, colocaría una mano viscosa sobre la frente de mistress Otis, y al mismo tiempo murmuraría, con voz sorda, al oído del ministro tembloroso, los secretos terribles del osario.

En cuanto a la pequeña Virginia, aún no tenía decidido nada. No lo había insultado nunca. Era bonita y cariñosa. Unos cuantos gruñidos sordos, que saliesen del armario, le parecían más que suficientes, y si no bastaban para despertarla, llegaría hasta tirarla de la puntita de la nariz con sus dedos rígidos por la parálisis.

A los gemelos estaba resuelto a darles una lección: lo primero que haría sería sentarse sobre sus pechos, con objeto de producirles la sensación de la pesadilla. Luego, aprovechando que sus camas estaban muy juntas, se alzaría en el espacio libre entre ellas, con el aspecto de un cadáver verde y frío como el hielo, hasta que se quedasen paralizados de terror. En seguida, tirando bruscamente su sudario, daría la vuelta al dormitorio en cuatro patas, como un esqueleto blanqueado por el tiempo, moviendo los ojos en sus órbitas, en su creación de «Daniel el Mudo o el esqueleto del suicida», papel en el cual hizo un gran efecto en varias ocasiones. Creía estar tan bien en éste como en su otro papel de «Martín el Demente o el misterio enmascarado».

A las diez y media oyó subir a la familia a acostarse.

Durante algunos instantes le inquietaron las tumultuosas carcajadas de los gemelos, que se divertían evidentemente, con su loca alegría de colegiales, antes de meterse en la cama.

Pero a las once y cuarto todo quedó nuevamente en silencio, y cuando sonaron las doce se puso en camino.

La lechuza chocaba contra los cristales de la ventana. El cuervo crascitaba en el hueco de un tejo centenario y el viento gemía vagando alrededor de la casa, como un alma en pena; pero la familia Otis dormía, sin sospechar la suerte que le esperaba.

Oía con toda claridad los ronquidos regulares del ministro de los Estados Unidos, que dominaban el ruido de la lluvia y de la tormenta.

Se deslizó furtivamente a través del estuco. Una sonrisa perversa se dibujaba sobre su boca cruel y arrugada, y la luna escondió su rostro tras una nube cuando pasó delante de la gran ventana ojival, sobre la que estaban representadas, en azul y oro, sus propias armas y las de su esposa asesinada.

Seguía andando siempre, deslizándose como una sombra funesta, que parecía hacer retroceder de espanto a las mismas tinieblas en su camino.

En un momento dado le pareció oír que alguien le llamaba; se detuvo, pero era tan sólo un perro, que ladraba en la Granja Roja.

Prosiguió su marcha, refunfuñando extraños juramentos del siglo XVI, y blandiendo de cuando en cuando el puñal enmohecido en el aire de medianoche.

Por fin llegó a la esquina del pasillo que conducía a la habitación del infortunado Washington.

Allí hizo una breve parada.

El viento agitaba en torno de su cabeza sus largos mechones grises y ceñía en pliegues grotescos y fantásticos el horror indecible del fúnebre sudario.

Sonó entonces el cuarto en el reloj.

Comprendió que había llegado el momento.

Se dedicó una risotada y dio la vuelta a la esquina. Pero apenas lo hizo retrocedió, lanzando un gemido lastimero de terror y escondiendo su cara lívida entre sus largas manos huesosas.

Frente a él había un horrible espectro, inmóvil como una estatua, monstruoso como la pesadilla de un loco.

La cabeza del espectro era pelada y reluciente; su faz, redonda, carnosa y blanca; una risa horrorosa parecía retorcer sus rasgos en una mueca eterna; por los ojos brotaba a oleadas una luz escarlata; la boca tenía el aspecto de un ancho pozo de fuego, y una vestidura horrible, como la de él, como la del mismo Simón, envolvía con su nieve silenciosa aquella forma gigantesca.

Sobre el pecho tenía colgado un cartel con una inscripción en caracteres extraños y antiguos.

Quizá era un rótulo infamante, donde estaban escritos delitos espantosos, una terrible lista de crímenes.

Tenía, por último, en su mano derecha una cimitarra de acero resplandeciente.

Como no había visto nunca fantasmas hasta aquel día, sintió un pánico terrible, y, después de lanzar a toda prisa una segunda mirada sobre el monstruo atroz, regresó a su habitación, trompicando en el sudario que le envolvía.

Cruzó la galería corriendo, y acabó por dejar caer el puñal enmohecido en las botas de montar del ministro, donde lo encontró el mayordomo al día siguiente.

Una vez refugiado en su retiro, se desplomó sobre un reducido catre de tijera, tapándose la cabeza con las sábanas. Pero, al cabo de un momento, el valor indomable de los antiguos Canterville se despertó en él y tomó la resolución de hablar al otro fantasma en cuanto amaneciese.

Por consiguiente, no bien el alba plateó las colinas con su contacto, volvió al sitio en que había visto por primera vez al horroroso fantasma.

Pensaba que, después de todo, dos fantasmas valían más que uno sólo, y que con ayuda de su nuevo amigo podría contender victoriosamente con los gemelos. Pero cuando llegó al sitio hallóse en presencia de un espectáculo terrible.

Sucedíale algo indudablemente al espectro, porque la luz había desaparecido por completo de sus órbitas.

La cimitarra centelleante se había caído de su mano y estaba recostado sobre la pared en una actitud forzada e incómoda.

Simón se precipitó hacia delante y lo cogió en sus brazos; pero cuál no sería su terror viendo despegarse la cabeza y rodar por el suelo, mientras el cuerpo tomaba la posición supina, y notó que abrazaba una cortina blanca de lienzo grueso y que yacían a sus pies una escoba, un machete de cocina y una calabaza vacía.

Sin poder comprender aquella curiosa transformación, cogió con mano febril el cartel, leyendo a la claridad grisácea de la mañana estas palabras terribles:

HE-AQUÍ-EL-FANTASMA-OTIS

EL-ÚNICO-ESPÍRITU-AUTÉNTICO-Y-
VERDADERO

¡DESCONFIAD-DE-LAS-IMITACIONES!

¡TODOS-LOS-DEMÁS-ESTÁN-FALSIFICADOS!

Y la entera verdad se le apareció como un relámpago.

¡Había sido burlado, chasqueado, engañado!

La expresión característica de los Canterville reapareció en sus ojos, apretó las mandíbulas desdentadas y, levantando por encima de su cabeza sus manos amarillas, juró, según el ritual pintoresco de la antigua escuela, «que cuando el gallo tocase por dos veces el cuerno de su alegre llamada se consumarían sangrientas hazañas, y el crimen, de callado paso, saldría de su retiro».

No había terminado de formular este juramento terrible, cuando de una alquería lejana, de tejado de ladrillo rojo, salió el canto de un gallo.

Lanzó una larga risotada, lenta y amarga, y esperó. Esperó una hora, y después otra; pero por alguna razón misteriosa no volvió a cantar el gallo.

Por fin, a eso de las siete y media, la llegada de las criadas le obligó a abandonar su terrible guardia y regresó a su morada, con altivo paso, pensando en su juramento vano y en su vano proyecto fracasado.

Una vez allí consultó varios libros de caballería, cuya lectura le interesaba extraordinariamente, y pudo comprobar que el gallo cantó siempre dos veces en cuantas ocasiones se recurrió a aquel juramento.

—¡Que el diablo se lleve a ese animal volátil! —murmuró—. ¡En otro tiempo hubiese caído sobre él con mi buena lanza, atravesándole el cuello y obligándole a cantar otra vez para mí, aunque reventara!

Y dicho esto se retiró a su confortable caja de plomo, y allí permaneció hasta la noche.

IV

Al día siguiente el fantasma se sintió muy débil, muy cansado.

Las terribles emociones de las cuatro últimas semanas empezaban a producir su efecto.

Tenía el sistema nervioso completamente alterado, y temblaba al más ligero ruido.

No salió de su habitación en cinco días, y concluyó por hacer una concesión en lo relativo a la mancha de sangre del parqué de la biblioteca. Puesto que la familia Otis no quería verla, era indudablemente que no la merecía. Aquella gente estaba colocada a ojos vistas en un plano inferior de vida material y era incapaz de apreciar el valor simbólico de los fenómenos sensibles.

La cuestión de las apariciones de fantasmas y el desenvolvimiento de los cuerpos astrales era realmente para ellos cosa desconocida e indiscutiblemente fuera de su alcance.

Pero, por lo menos, constituía para él un deber ineludible mostrarse en el corredor una vez a la semana y farfullar por la gran ventana ojival el primero y el tercer miércoles de cada mes. No veía ningún medio digno de sustraerse a aquella obligación.

Verdad es que su vida fue muy criminal; pero, quitado eso, era hombre muy concienzudo en todo cuanto se relacionaba con lo sobrenatural.

Así pues, los tres sábados siguientes atravesó, como de costumbre, el corredor entre doce de la noche y tres de la madrugada, tomando todas las precauciones posibles para no ser visto ni oído.

Se quitaba las botas, pisaba lo más ligeramente que podía sobre las viejas maderas carcomidas, envolvíase en una gran capa de terciopelo negro, y no dejaba de usar el engrasador *Sol–Levante* para engrasar sus cadenas. Me veo precisado a reconocer que sólo después de muchas vacilaciones se decidió a adoptar este último medio de protección. Pero, al fin, una noche, mientras cenaba la familia, se deslizó en el dormitorio de mistress Otis y se llevó el frasquito.

Al principio se sintió un poco humillado, pero después fue suficientemente razonable para comprender que aquel invento merecía grandes elogios y cooperaba, en cierto modo, a la realización de sus proyectos.

A pesar de todo, no se vio a cubierto de matracas.

No dejaban nunca de tenderle cuerdas de lado a lado del corredor para hacerle tropezar en la oscuridad, y una vez que se había disfrazado para el papel de «Isaac el Negro o el cazador del bosque de Hogsley», cayó cuan largo era al poner el pie sobre una pista de maderas enjabonadas que habían colocado los gemelos desde el umbral del salón de Tapices hasta la parte alta de la escalera de roble.

Esta última afrenta le dio tal rabia, que decidió hacer un esfuerzo para imponer su dignidad y consolidar su posición social, y formó el proyecto de visitar a la noche siguiente a los insolentes chicos de Eton, en su célebre papel de «Ruperto el Temerario o el conde sin cabeza».

No se había mostrado con aquel disfraz desde hacía sesenta años, es decir, desde que causó con él tal pavor a la bella lady Bárbara Modish, que ésta retiró su consentimiento al abuelo del actual lord Canterville y se fugó a Gretna Green con el arrogante Jack Castletown, jurando que por nada del mundo consentiría en emparentar con una familia que toleraba los paseos de un fantasma tan horrible por la terraza, al atardecer.

El pobre Jack fue al poco tiempo muerto en duelo por lord Canterville en la pradera de Wandsworth, y lady Bárbara murió de pena en Tumbridge Wells antes de terminar el año; así es que fue un gran éxito por todos los conceptos.

Sin embargo, era, permitiéndome emplear un término de argot teatral para aplicarle a uno de los mayores misterios del mundo sobrenatural (o en el lenguaje más científico), «del mundo superior a la Naturaleza», era, repito, una creación de las más difíciles, y necesitó sus tres buenas horas para terminar los preparativos.

Por fin, todo estuvo listo, y él contentísimo de su disfraz.

Las grandes botas de montar, que hacían juego con el traje, eran, eso sí, un poco holgadas para él, y no pudo encontrar más que una de las dos pistolas de arzón; pero, en general, quedó satisfechísimo, y a la una y cuarto pasó a través del estuco y bajó al corredor.

Cuando estuvo cerca de la habitación ocupada por los gemelos, a la que llamaré el dormitorio azul, por el color de sus cortinajes, se encontró con la puerta entreabierta.

A fin de hacer una entrada sensacional, la empujó con violencia, pero se le vino encima una jarra de agua que le empapó hasta los huesos, no dándole en el hombro por unos milímetros.

Al mismo tiempo oyó unas risas sofocadas que partían de la doble cama con dosel.

Su sistema nervioso sufrió tal conmoción, que regresó a sus habitaciones a todo escape, y al día siguiente tuvo que permanecer en la cama con un fuerte reuma.

El único consuelo que tuvo fue el de no haber llevado su cabeza sobre los hombros, pues sin esto las consecuencias hubieran podido ser más graves.

Desde entonces renunció para siempre a espantar a aquella recia familia de americanos, y se limitó a vagar por el corredor, con zapatillas de orillo, envuelto el cuello en una gruesa bufanda, por temor a las corrientes de aire, y provisto de un pequeño arcabuz, para el caso en que fuese atacado por los gemelos.

Hacia el 19 de septiembre fue cuando recibió el golpe de gracia.

Había bajado por la escalera hasta el espacioso *hall*, seguro de que en aquel sitio por lo menos estaba a cubierto de jugarretas, y se entretenía en hacer observaciones satíricas sobre las grandes fotografías del ministro de los Estados Unidos y de su mujer, hechas en casa de Sarow.

Iba vestido sencilla, pero decentemente, con un largo sudario salpicado de moho de cementerio. Habíase atado la quijada con una tira de tela y llevaba una linternita y un azadón de sepulturero.

En una palabra, iba disfrazado de «Jonás el Desenterrador o el ladrón de cadáveres de Cherstey Barn».

Era una de sus creaciones más notables y de la que guardaban recuerdo, con más motivo, los Canterville, ya que fue la verdadera causa de su riña con lord Rufford, vecino suyo.

Serían próximamente las dos y cuarto de la madrugada, y, a su juicio, no se movía nadie en la casa. Pero cuando se dirigía tranquilamente en dirección a la biblioteca, para ver lo que quedaba de la mancha de sangre, se abalanzaron hacia él, desde un rincón sombrío, dos siluetas, agitando locamente sus brazos sobre sus cabezas, mientras gritaban a su oído:

—¡Uú! ¡Uú! ¡Uú!

Lleno de terror pánico, cosa muy natural en aquellas circunstancias, se precipitó hacia la escalera, pero entonces se encontró frente a Washington Otis, que le esperaba armado con la regadera del jardín; de tal modo, que, cercado por sus enemigos, casi acorralado, tuvo que evaporarse en la gran estufa de hierro colado, que, afortunadamente para él, no estaba encendida, y abrirse paso hasta sus habitaciones por entre tubos y chimeneas, llegando a su refugio en el tremendo estado en que lo pusieron la agitación, el hollín y la desesperación.

Desde aquella noche no volvió a vérsele nunca de expedición nocturna.

Los gemelos se quedaron muchas veces en acecho para sorprenderle, sembrando de cáscaras de nuez los corredores todas las noches, con gran molestia de sus padres y de los criados. Pero fue inútil.

Su amor propio estaba profundamente herido, sin duda, y no quería mostrarse.

En vista de ello, míster Otis se puso a trabajar en su gran obra sobre la historia del partido demócrata, obra que había empezado tres años antes.

Mistress Otis organizó un *clam bake*[1] extraordinario, del que se habló en toda la comarca.

Los niños se dedicaron a jugar a la barra, al ecarté, al póquer y a otras diversiones nacionales de América.

Virginia dio paseos a caballo por las carreteras, en compañía del duquesito de Cheshire, que se hallaba en Canterville pasando su última semana de vacaciones.

Todo el mundo se figuraba que el fantasma había desaparecido, hasta el punto de que míster Otis escribió una carta a lord Canterville para comunicárselo, y recibió en contestación otra carta en la que éste le testimoniaba el placer que le producía la noticia y enviaba sus más sinceras felicitaciones a la digna esposa del ministro.

Pero los Otis se equivocaban.

El fantasma seguía en la casa, y, aunque se hallaba muy delicado, no estaba dispuesto a retirarse, sobre todo después de saber que figuraba entre los invitados el duquesito de Cheshire, cuyo tío, lord Francis Stilton, apostó una vez con el coronel Carbury a que jugaría a los dados con el fantasma de Canterville.

A la mañana siguiente se encontraron a lord Stilton tendido sobre el suelo del salón de juego en un estado de parálisis tal, que, a pesar de la edad avanzada que alcanzó, no pudo ya nunca pronunciar más palabras que éstas:

—¡Seis doble!

---

[1] *clam bake:* es un plato de cocina improvisado sobre unas piedras, en una gira campestre, a escote, aportando cada cual lo suyo. Mézclanse toda clase de ingredientes para elaborar esta torta.

Esta historia era muy conocida en un tiempo, aunque, en atención a los sentimientos de dos familias nobles, se hiciera todo lo posible por ocultarla, y existe un relato detallado de todo lo referente a ella en el tomo tercero de las *Memorias de lord Tattle sobre el Príncipe Regente y sus amigos.*

Desde entonces, el fantasma deseaba vivamente probar que no había perdido su influencia sobre los Stilton, con los que además estaba emparentado por matrimonio, pues una prima suya se casó en segundas nupcias con el señor Bulkeley, del que descienden en línea directa, como todo el mundo sabe, los duques de Cheshire.

Por consiguiente, hizo sus preparativos para mostrarse al pequeño enamorado de Virginia en su famoso papel de «Fraile vampiro, o el benedictino desangrado».

Era un espectáculo espantoso, que cuando la vieja lady Starbury se lo vio representar, es decir, la víspera del Año Nuevo de 1764, empezó a lanzar chillidos agudos, que tuvieron por resultado un fuerte ataque de apoplejía y su fallecimiento al cabo de tres días, no sin que desheredara antes a los Canterville y legase todo su dinero a su farmacéutico de Londres.

Pero, a última hora, el terror que le inspiraban los gemelos le retuvo en su habitación, y el duquesito durmió tranquilo en el gran lecho con dosel coronado de plumas del dormitorio real, soñando con Virginia.

V

Virginia y su adorador de cabello rizado dieron, unos días después, un paseo a caballo por los prados de

Brockley, paseo en el que ella desgarró su vestido de amazona al saltar un seto, de tal manera que, de vuelta a su casa, entró por la escalera de detrás para que no la viesen.

Al pasar corriendo por delante de la puerta del salón de Tapices, que estaba abierta de par en par, le pareció ver a alguien dentro.

Pensó que sería la doncella de su madre, que iba con frecuencia a trabajar a esa habitación.

Asomó la cabeza para encargarle que la cosiese el vestido.

¡Pero, con gran sorpresa suya, quien allí estaba era el fantasma de Canterville en persona!

Habíase acomodado ante la ventana, contemplando el oro llameante de los árboles amarillentos que revoloteaban por el aire, las hojas enrojecidas que bailaban locamente a lo largo de la gran avenida.

Tenía la cabeza apoyada en una mano, y toda su actitud revelaba el desaliento más profundo.

Realmente presentaba un aspecto tan abrumado, tan abatido, que la pequeña Virginia, en vez de ceder a su primer impulso, que fue echar a correr y encerrarse en su cuarto, se sintió llena de compasión y tomó el partido de ir a consolarle.

Tenía la muchacha un paso tan ligero y él una melancolía tan honda, que no se dio cuenta de su presencia hasta que le habló.

—Lo he sentido mucho por usted —dijo—. Pero mis hermanos regresan mañana a Eton, y entonces, si se porta usted bien, nadie le atormentará.

—Es inconcebible pedirme que me porte bien —le respondió, contemplando estupefacto a la jovencita que tenía la audacia de dirigirle la palabra—. Perfectamente inconcebible. Es necesario que yo sacuda mis cadenas, que gruña por los agujeros de las cerraduras y que corretee de noche. ¿Eso es lo que usted llama portarse mal? No tengo otra razón de ser.

—Eso no es una razón de ser. En sus tiempos fue usted muy malo, ¿sabe? Mistress Umney nos dijo el día que llegamos que usted mató a su esposa.

—Sí, lo reconozco —respondió incautamente el fantasma—. Pero era un asunto de familia y nadie tenía que meterse.

—Está muy mal matar a nadie —dijo Virginia, que a veces adoptaba un bonito gesto de gravedad puritana, heredado quizá de algún antepasado venido de Nueva Inglaterra.

—¡Oh, no puedo sufrir la severidad barata de la moral abstracta! Mi mujer era feísima. No almidonaba nunca lo bastante mis puños y no sabía nada de cocina. Mire usted: un día había yo cazado un soberbio ciervo en los bosques de Hogsley, un hermoso macho de dos años. ¡Pues no puede usted figurarse cómo me lo sirvió! Pero en fin, dejemos eso. Es asunto liquidado y no encuentro nada bien que sus hermanos me dejasen morir de hambre, aunque yo la matase.

—¡Que lo dejaran morir de hambre! ¡Oh señor fantasma...! Don Simón quiero decir, ¿es que tiene usted hambre? Hay un sándwich en mi costurero. ¿Le gustaría?

—No, gracias, ahora ya no como; pero, de todos modos, lo encuentro amabilísimo por su parte. ¡Es usted bastante más atenta que el resto de su horrible, arisca, ordinaria y ladrona familia!

—¡Basta! —exclamó Virginia, dando con el pie en el suelo—. El arisco, el horrible y el ordinario lo es usted. En cuanto a lo de ladrón, bien sabe usted que me ha robado mis colores de la caja de pinturas para restaurar esa ridícula mancha de sangre en la biblioteca. Empezó usted por coger todos mis rojos, incluso el bermellón, imposibilitándome para pintar puestas de sol. Después agarró usted el verde esmeralda y el amarillo cromo. Y, finalmente, sólo me queda el añil y el blanco china. Así es que ahora no puedo hacer más que claros de luna, que da grima ver, e incomodísimos, además, de colorear. Y no le he acusado, aun estando fastidiada y a pesar de que todas esas cosas son completamente ridículas. ¿Se ha visto alguna vez sangre color verde esmeralda...?

—Vamos a ver —dijo el fantasma con cierta dulzura—: ¿y qué iba yo a hacer? Es dificilísimo en los tiempos actuales agenciarse sangre de verdad, y ya que su hermano empezó con su quitamanchas incomparable, no veo por qué no iba yo a emplear los colores de usted para resistir. En cuanto al tono, es cuestión de gusto. Así, por ejemplo, los Canterville tienen sangre azul, la sangre más azul que existe en Inglaterra... Aunque ya sé que ustedes los americanos no hacen el menor caso de esas cosas.

—No sabe usted nada, y lo mejor que puede hacer es emigrar, y así se formará idea de algo. Mi padre tendrá un verdadero gusto en proporcionarle un pasaje gratuito, y aunque haya derechos de puertas elevadísimos sobre toda clase de cosas, no le pondrán dificultades en la Aduana. Y una vez en Nueva York, puede usted contar con un gran éxito. Conozco infinidad de personas que darían cien mil dólares por tener antepasados y que sacrificarían mayor cantidad aún por tener un fantasma de «familia».

—Creo que no me divertiría mucho en América.

—Quizás se deba a que allí no tenemos ni ruinas ni curiosidades —dijo burlonamente Virginia.

—¡Qué curiosidades ni qué ruinas! —contestó el fantasma—. Tienen ustedes su Marina y sus modales.

—Buenas noches; voy a pedir a papá que conceda a los gemelos una semana más de vacaciones.

—¡No se vaya, miss Virginia, se lo suplico! —exclamó el fantasma—. Estoy tan solo y soy tan desgraciado, que no sé qué hacer. Quisiera ir a acostarme y no puedo.

—Pues es inconcebible: no tiene usted más que meterse en la cama y apagar la luz. Algunas veces es dificilísimo permanecer despierto, sobre todo en una iglesia, pero, en cambio, dormir es muy sencillo. Ya ve usted: los gemelos saben dormir admirablemente, y no son de los más listos.

—Hace trescientos años que no duermo —dijo el anciano tristemente, haciendo que Virginia abriese mucho sus hermosos ojos azules, llenos de asombro—. Hace ya trescientos años que no duermo, así es que me siento cansadísimo.

Virginia adoptó un grave continente, y sus finos labios se movieron como pétalos de rosa.

Se acercó y arrodillándose al lado del fantasma, contempló su rostro envejecido y arrugado.

—Pobrecito fantasma —profirió a media voz—, ¿y no hay ningún sitio donde pueda usted dormir?

—Allá lejos, pasado el pinar —respondió él en voz baja y soñadora—, hay un jardincito. La hierba crece en él alta y espesa; allí pueden verse las grandes estrellas blancas de la cicuta, allí el ruiseñor canta toda la noche. Canta toda la noche, y la luna de cristal helado deja caer su mirada y el tejo extiende sus brazos de gigante sobre los durmientes.

Los ojos de Virginia se empañaron de lágrimas y sepultó la cara entre sus manos.

—Se refiere usted al jardín de la Muerte —murmuró.

—Sí, de la muerte; ¡que debe ser hermosa! ¡Descansar en la blanda tierra oscura, mientras las hierbas se balancean encima de nuestra cabeza, y escuchar el silencio! No tener ni ayer ni mañana. Olvidarse del tiempo y de la vida; morar en paz. Usted puede ayudarme; usted puede abrirme de par en par las puertas de la muerte, porque el amor le acompaña a usted siempre, y el amor es más fuerte que la muerte.

Virginia tembló. Un estremecimiento helado recorrió todo su ser, y durante unos instantes hubo un gran silencio.

Parecíale vivir en un sueño terrible.

Entonces el fantasma habló de nuevo con una voz que resonaba como los suspiros del viento:

—¿Ha leído usted alguna vez la antigua profecía que hay sobre las vidrieras de la biblioteca?

—¡Oh, muchas veces! —exclamó la muchacha levantando los ojos—. La conozco muy bien. Está pintada con unas curiosas letras doradas y se lee con dificultad. No tiene más que estos seis versos:

*Cuando una joven rubia logre hacer brotar
una oración de los labios del pecador,
cuando el almendro estéril dé fruto
y una niña deje correr su llanto,
entonces, toda la casa recobrará la tranquilidad
y volverá la paz a Canterville.*

Pero no sé lo que significan.

—Significan que tiene usted que llorar conmigo mis pecados, porque no tengo lágrimas, y que tiene usted que rezar conmigo por mi alma, porque no tengo fe, y entonces si ha sido usted siempre dulce, buena y cariñosa, el ángel de la muerte se apoderará de mí. Verá usted seres terribles en las tinieblas y voces funestas murmurarán en sus oídos, pero no podrán hacerle ningún daño, porque contra la pureza de una niña no pueden nada las potencias infernales.

Virginia no contestó, y el fantasma retorcíase las manos en la violencia de su desesperación, sin dejar de mirar la rubia cabeza inclinada.

De pronto se irguió la joven, muy pálida, con un fulgor en los ojos.

—No tengo miedo —dijo con voz firme—, y rogaré al ángel que se apiade de usted.

Levantóse el fantasma de su asiento lanzando un débil grito de alegría, cogió la blonda cabeza entre sus manos, con una gentileza que recordaba los tiempos pasados, y la besó.

Sus dedos estaban fríos como el hielo y sus labios abrasaban como el fuego, pero Virginia no flaqueó; después la hizo atravesar la estancia sombría.

Sobre el tapiz, de un verde apagado, estaban bordados unos pequeños cazadores. Soplaban en sus cuerpos adornados de flecos y con sus lindas manos hacíanle gestos de que retrocediese.

—Vuelve sobre tus pasos, Virginia. ¡Vete, vete! —gritaban.

Pero el fantasma le apretaba en aquel momento la mano con más fuerza, y ella cerró los ojos para no verlos.

Horribles animales de colas de lagarto y de ojazos saltones parpadearon maliciosamente en las esquinas de la chimenea, mientras le decían en voz baja:

—Ten cuidado, Virginia, ten cuidado. Podríamos no volver a verte.

Pero el fantasma apresuró el paso y Virginia no oyó nada.

Cuando llegaron al extremo de la estancia, el viejo se detuvo, murmurando unas palabras que ella no comprendió. Volvió Virginia a abrir los ojos y vio disiparse el muro lentamente, como una neblina, y abrirse ante ella una negra caverna.

Un áspero y helado viento les azotó, sintiendo la muchacha que la tiraban del vestido.

—De prisa, de prisa —gritó el fantasma—, o será demasiado tarde.

Y en el mismo momento, el muro se cerró de nuevo detrás de ellos y el salón de Tapices quedó desierto.

VI

Diez minutos después sonó la campana para el té y Virginia no bajó.

Mistress Otis envió a uno de los criados a buscarla.

No tardó en volver, diciendo que no había podido descubrir a miss Virginia por ninguna parte.

Como la muchacha tenía la costumbre de ir todas las tardes al jardín a coger flores para la cena, mistress Otis no se inquietó lo más leve. Pero sonaron las seis y Virginia no aparecía.

Entonces su madre se sintió seriamente intranquila y envió a sus hijos en su busca, mientras ella y su marido recorrían todas las habitaciones de la casa.

A las seis y media volvieron los gemelos, diciendo que no habían encontrado huellas de su hermana por parte alguna.

Entonces se conmovieron todos extraordinariamente, y nadie sabía qué hacer, cuando míster Otis recordó de repente que pocos días antes habían permitido acampar en el parque a una tribu de gitanos.

Así es que salió inmediatamente para Blackfell Hollow, acompañado de su hijo mayor y de dos criados de la granja.

El duquesito de Cheshire, completamente loco de inquietud, rogó con insistencia a míster Otis que le dejase acompañarle, mas éste se negó temiendo algún jaleo. Pero cuando llegó al sitio en cuestión vio que los gitanos se habían marchado.

Se dieron prisa a huir, sin duda alguna, pues el fuego ardía todavía y quedaban platos sobre la hierba.

Después de mandar a Washington y a los dos hombres que registrasen los alrededores, se apresuró a regresar y envió telegramas a todos los inspectores de Policía del condado, rogándoles buscasen a una joven raptada por unos vagabundos o gitanos.

Luego hizo que le trajeran su caballo, y después de insistir para que su mujer y sus tres hijos se sentaran a la mesa, partió con un *groom*[2] por el camino de Ascot.

---

[2] *groom*: mozo de cuadra.

Había recorrido apenas dos millas, cuando oyó un galope a su espalda.

Se volvió, viendo al duquesito que llegaba en su *poney*, con la cara sofocada y la cabeza descubierta.

—Lo siento muchísimo —le dijo el joven con voz entrecortada—, pero me es imposible comer mientras Virginia no aparezca. Se lo ruego: no se enfade conmigo. Si nos hubiera permitido casarnos el año último, no habría pasado esto nunca. No me rechaza usted, ¿verdad? ¡No puedo ni quiero irme!

El ministro no pudo menos de dirigir una sonrisa a aquel mozo guapo y atolondrado, conmovidísimo ante la abnegación que mostraba por Virginia.

Inclinándose sobre su caballo, le acarició los hombros bondadosamente, y le dijo:

—Pues bien, Cecil: ya que insiste usted en venir, no me queda más remedio que admitirle en mi compañía; pero, eso sí, tengo que comprarle un sombrero en Ascot.

—¡Al diablo sombreros! ¡Lo que quiero es Virginia! —exclamó el duquesito, riendo.

Y acto seguido galoparon hasta la estación.

Una vez allí, míster Otis preguntó al jefe si no habían visto en el andén de salida a una joven cuyas señas correspondiesen con las de Virginia, pero no averiguó nada sobre ella.

No obstante lo cual, el jefe de la estación expidió telegramas a las estaciones del trayecto, ascendentes y descendentes, y le prometió ejercer una vigilancia minuciosa.

Enseguida, después de comprar un sombrero para el duquesito en una tienda de novedades que se disponía a cerrar, míster Otis cabalgó hasta Bexley, pueblo situado cuatro millas más allá, y que, según le dijeron, era muy frecuentado por los gitanos.

Hicieron levantarse al guarda rural, pero no pudieron conseguir ningún dato de él.

Así es que, después de atravesar la plaza, los dos jinetes tomaron otra vez el camino de casa, llegando a Canterville a eso de las once, rendidos de cansancio y con el corazón desgarrado por la inquietud.

Se encontraron allí con Washington y los gemelos, esperándolos a la puerta con linternas, porque la avenida estaba muy oscura.

No se había descubierto la menor señal de Virginia. Los gitanos fueron alcanzados en el prado de Brockley, pero no estaba la joven entre ellos.

Explicaron la prisa de su marcha, diciendo que habían equivocado el día en que debía celebrarse la feria de Chorton y que el temor de llegar demasiado tarde les obligó a darse prisa.

Además, parecieron desconsolados por la desaparición de Virginia, pues estaban agradecidísimos a míster Otis por haberles permitido acampar en su parque. Cuatro de ellos se quedaron detrás para tomar parte en las pesquisas.

Se hizo vaciar el estanque de las carpas. Registraron la finca en todos los sentidos, pero no consiguieron nada.

Era evidente que Virginia estaba perdida, al menos por aquella noche, y fue con un aire de profundo abatimiento como entraron en casa míster Otis y los jóvenes, seguidos del *groom*, que llevaba de las bridas al caballo y al *poney*.

En el *hall* encontráronse con el grupo de los criados, llenos de terror.

La pobre mistress Otis estaba tumbada sobre un sofá de la biblioteca, casi loca de espanto y de ansiedad, y la vieja ama de gobierno le humedecía la frente con agua de colonia.

Fue una comida tristísima.

No se hablaba apenas, y hasta los mismos gemelos parecían despavoridos y consternados, pues querían mucho a su hermana.

Cuando terminaron, míster Otis, a pesar de los ruegos del duquesito, mandó que todo el mundo se acostase, ya que no podía hacerse cosa alguna aquella noche; al día siguiente telegrafiaría a Scotland Yard para que pusieran inmediatamente varios detectives a su disposición.

Pero he aquí que en el preciso momento en que salían del comedor sonaron las doce en el reloj de la torre.

Apenas acababan de extinguirse las vibraciones de la última campanada, cuando oyóse un crujido acompañado de un grito penetrante.

Un trueno formidable bamboleó la casa, una melodía, que no tenía nada de terrenal, flotó en el aire. Un lienzo de la pared se despegó bruscamente en lo alto de la escalera, y sobre el rellano, muy pálida, casi blanca, apareció Virginia, llevando en la mano una cajita.

Inmediatamente se precipitaron todos hacia ella.

Mistress Otis la estrechó apasionadamente contra su corazón.

El duquesito casi la ahogó con la violencia de sus besos, y los gemelos ejecutaron una danza de guerra salvaje alrededor del grupo.

—¡Ah...! ¡Hija mía! ¿Dónde te habías metido? —dijo míster Otis, bastante enfadado, creyendo que les había querido dar una broma a todos ellos—. Cecil y yo hemos registrado toda la comarca en tu busca, y tu madre ha estado a punto de morirse de espanto. No vuelvas a dar bromitas de ese género a nadie.

—¡Menos al fantasma, menos al fantasma! —gritaron los gemelos, continuando sus cabriolas.

—Hija mía querida, gracias a Dios que te hemos encontrado; ya no nos volveremos a separar —murmuraba mistress Otis, besando a la muchacha, toda trémula, y acariciando sus cabellos de oro, que se desparramaban sobre sus hombros.

—Papá —dijo dulcemente Virginia—, estaba con el fantasma. Ha muerto ya. Es preciso que vayáis a verle. Fue muy malo, pero se ha arrepentido sinceramente de todo lo que había hecho, y antes de morir me ha dado esta caja de hermosas joyas.

Toda la familia la contempló muda y aterrada, pero ella tenía un aire muy solemne y serio.

En seguida, dando media vuelta, les precedió a través del hueco de la pared y bajaron por un corredor secreto.

Washington los seguía llevando una vela encendida, que cogió de la mesa. Por fin, llegaron a una gran puerta de roble erizada de recios clavos.

Virginia la tocó, y entonces la puerta giró sobre sus goznes enormes y se hallaron en una habitación estrecha y baja, con el techo abovedado, y que tenía una ventanita.

Junto a una gran argolla de hierro empotrada en el muro, con la cual estaba encadenado, veíase un largo esqueleto, extendido cuan largo era sobre las losas.

Parecía estirar sus dedos descarnados, como intentando llegar a un plato y a un cántaro, de forma antigua, colocados de tal forma que no pudiese alcanzarlos.

El cántaro había estado lleno de agua, indudablemente, pues tenía su interior tapizado de moho verde.

Sobre el plato no quedaba más que un montón de polvo.

Virginia se arrodilló junto al esqueleto y, uniendo sus manitas, se puso a rezar en silencio, mientras la familia contemplaba con asombro la horrible tragedia cuyo secreto acababa de ser revelado.

—¡Atiza! —exclamó de pronto uno de los gemelos, que había ido a mirar por la ventanita, queriendo adivinar hacia qué lado del edificio caía aquella habitación—. ¡Atiza! El antiguo almendro, que estaba seco, ha florecido. Se ven admirablemente las hojas a la luz de la luna.

—¡Dios le ha perdonado! —dijo gravemente Virginia, levantándose. Y un magnífico resplandor parecía iluminar su rostro.

—¡Eres un ángel! —exclamó el duquesito, ciñéndole el cuello con sus brazos y besándola.

VII

Cuatro días después de estos curiosos sucesos, a eso de las once de la noche, salía un fúnebre cortejo de Canterville House.

El carro iba arrastrado por ocho caballos negros, cada uno de los cuales llevaba adornada la cabeza con un penacho de plumas de avestruz, que se balanceaban.

La caja, de plomo, iba cubierta con un rico paño de púrpura, sobre el cual estaban bordadas en oro las armas de los Canterville.

A cada lado del carro y de los coches marchaban los criados llevando antorchas encendidas.

Toda aquella comitiva tenía un aspecto grandioso e impresionante.

Lord Canterville presidía el duelo; había venido del país de Gales expresamente para asistir al entierro, y ocupaba el primer coche, con la pequeña Virginia.

Después iban el ministro de los Estados Unidos y su esposa, y detrás, Washington y los dos muchachos.

En el último coche iba mistress Umney. Todo el mundo convino en que, después de haber sido atemorizada por el fantasma, por espacio de más de cincuenta años, tenía realmente derecho a verle desaparecer para siempre.

Cavaron una profunda fosa en un rincón del cementerio, precisamente bajo el tejo centenario, y dijo las últimas oraciones, del modo más patético, el reverendo Augusto Dampier.

Una vez terminada aquella ceremonia, los criados, siguiendo una antigua costumbre establecida en la familia Canterville, apagaron sus antorchas.

Luego, al bajar la caja a la fosa, Virginia se adelantó, colocando encima de ella una gran cruz hecha con flores de almendro, blancas y rojas.

En aquel momento salió la luna detrás de una nube e inundó el cementerio con sus silenciosas oleadas de plata, y de un bosquecillo cercano se elevó el canto de un ruiseñor.

Virginia recordó la descripción que le hizo el fantasma del jardín de la Muerte; sus ojos se llenaron de lágrimas y apenas pronunció una palabra durante el regreso.

A la mañana siguiente, antes que lord Canterville partiese para la ciudad, mistress Otis conferenció con él respecto de las joyas entregadas por el fantasma a Virginia.

Eran soberbias, magníficas.

Había, sobre todo, un collar de rubíes, en una antigua montura veneciana, que era un espléndido trabajo del siglo XVI, y el conjunto representaba tal cantidad, que míster Otis sentía vivos escrúpulos en permitir a su hija que se quedase con ellas.

—Milord —dijo el ministro—, sé que en este país se aplica la mano muerta lo mismo a los objetos menudos que a las tierras, y es evidente, evidentísimo para mí, que estas joyas deben quedar en poder de usted como legado de familia. Le ruego, por tanto, que consienta en llevárselas a Londres, considerándolas simplemente como una parte de su herencia que le fuera restituida en circunstancias extraordinarias. En cuanto a mi hija, no es más que una chiquilla, y hasta hoy, me complace decirlo, siente poco interés en estas futilezas de lujo superfluo. He sabido igualmente por mistress Otis, cuya autoridad no es despreciable en cosas de arte, dicho sea de paso, pues ha tenido la suerte de pasar varios inviernos en Boston, siendo muchacha, que esas piedras preciosas tienen un gran valor monetario, y que si se pusieran en venta producirían una bonita suma. En estas circunstancias, lord Canterville, reconocerá usted, indudablemente, que no puedo permitir que queden en manos de ningún miembro de mi familia. Además de que todos esos *bibelots* y todos esos juguetes, por muy apreciados y necesarios que sean a la dignidad de la aristocracia británica, estarían fuera de lugar entre personas educadas según los severos principios, según los inmortales principios, pudiera decirse, de la sencillez republicana. Quizá me atrevería a asegurar que Virginia tiene gran interés en que le deje usted la cajita que encierra esas joyas, en recuerdo de las locuras e infortunios del antepasado. Y como esa caja está muy vieja y, por consiguiente, deterioradísima, quizá encuentre usted razonable acoger favorablemente su petición. En cuanto a mí, confieso que me sorprende grandemente ver a uno de mis hijos demostrar interés por una cosa de la Edad Media, y la única explicación que le encuentro es que Virginia nació en un barrio de Londres, al poco tiempo de regresar mistress Otis de una excursión a Atenas.

Lord Canterville escuchó imperturbable el discurso del digno ministro, atusándose de cuando en cuando su bigote gris, para ocultar una sonrisa involuntaria.

Una vez que hubo terminado míster Otis, le estrechó cordialmente la mano, y contestó:

—Mi querido amigo, su encantadora hijita ha prestado un servicio importantísimo a mi desgraciado antecesor. Mi familia y yo la estamos reconocidísimos por su maravilloso valor y por la sangre fría que ha demostrado. Las joyas le pertenecen, sin duda alguna, y creo, a fe mía, que si tuviese yo la suficiente insensibilidad para quitárselas, el viejo tunante saldría de su tumba al cabo de quince días para infernarme la vida. En cuanto a que sean joyas de familia, no podrían serlo sino después de estar especificadas como tales en un testamento, en forma legal, y la existencia de estas joyas permaneció siempre ignorada. Le aseguro que son tan mías como de su mayordomo. Cuando miss Virginia sea mayor, sospecho que le encantará tener cosas tan lindas que llevar. Además, míster Otis, olvida usted que adquirió el inmueble y el fantasma bajo inventario. De modo que todo lo que pertenece al fantasma le pertenece a usted. A pesar de las pruebas de actividad que ha dado sir Simón por el corredor, no por eso deja de estar menos muerto, desde el punto de vista legal, y su compra le hace a usted dueño de lo que le pertenecía a él.

Míster Otis se quedó muy preocupado ante la negativa de lord Canterville, y le rogó que reflexionara nuevamente su decisión; pero el excelente par se mantuvo firme y terminó por convencer al ministro de que aceptase el regalo del fantasma.

Cuando, en la primavera de 1890, la duquesita de Cheshire fue presentada por primera vez en la recepción de la reina, con motivo de su casamiento, sus joyas fueron motivo de general admiración. Porque Virginia fue agraciada con el tortil o lambrequín de baronía, que se otorga como recompensa a todas las americanitas juiciosas, y se casó con su novio en cuanto éste tuvo edad para ello.

Eran ambos tan agradables y se amaban de tal modo, que a todo el mundo le encantó aquel matrimonio, menos a la vieja marquesa de Dumbleton, que venía haciendo todo lo posible por atrapar al duquesito y casarle con una de sus siete hijas.

Para conseguirlo dio lo menos tres grandes comidas costosísimas.

Cosa rara: míster Otis sentía una viva simpatía personal por el duquesito, pero teóricamente era enemigo del «particularismo», y, según sus propias palabras, «era de temer que, entre las influencias debilitantes de una aristocracia ávida de placer, fueran olvidados por Virginia los verdaderos principios de la sencillez republicana».

Pero nadie hizo caso de sus observaciones, y cuando avanzó por la nave lateral de la iglesia de San Jorge, en Hannover Square, llevando a su hija del brazo, no había hombre más orgulloso en toda Inglaterra.

Después de la luna de miel, el duque y la duquesa regresaron a Canterville Chase, y al día siguiente de su llegada, por la tarde, fueron a dar una vuelta por el cementerio solitario próximo al pinar.

Al principio les preocupó mucho lo relativo a la inscripción que debía grabarse sobre la losa fúnebre de sir Simón, pero concluyeron por decidir que se pondrían simplemente las iniciales del viejo gentilhombre y los versos escritos en la ventana de la biblioteca.

La duquesa llevaba unas rosas magníficas, que desparramó sobre la tumba; después de permanecer allí un rato, pasaron por las ruinas del claustro de la antigua abadía.

La duquesa se sentó sobre una columna caída, mientras su marido, recostado a sus pies y fumando un cigarrillo, contemplaba sus lindos ojos.

De pronto tiró el cigarrillo y, cogiéndole de una mano, le dijo:

—Virginia, una mujer no debe tener secretos con su marido.

—Y no los tengo, querido Cecil.

—Sí los tienes —respondió sonriendo—. No me has dicho nunca lo que sucedió mientras estuviste encerrada con el fantasma.

—Ni se lo he dicho nunca a nadie —replicó gravemente Virginia.

—Ya lo sé; pero bien me lo podías decir a mí.
—Cecil, te ruego que no me lo preguntes. No puedo realmente decírtelo. ¡Pobre sir Simón! Le debo mucho. Sí; no te rías, Cecil; le debo mucho realmente. Me hizo ver lo que es la vida, lo que significa la muerte y por qué el amor es más fuerte que la muerte.

El duque se levantó para besar amorosamente a su mujer.

—Puedes guardar tu secreto mientras posea yo tu corazón —dijo a media voz.

—Siempre fue tuyo.

—Y se lo dirás algún día a nuestros hijos ¿verdad?

Virginia se ruborizó.

Maese Pérez el organista

Gustavo Adolfo Bécquer

Maese Pérez el organista

En la redacción de «El Contemporáneo», periódico enfrentado al poder, intervino desde el principio Gustavo Adolfo Bécquer. En realidad, los textos solían ser anónimos pues los redactores colaboraban en todas las rúbricas, y Bécquer debió escribir hasta de política. Pero en 1861 se publicaron varias de sus destacables leyendas: *La ajorca de oro* (toledana); *El monte de las ánimas* y *Los ojos verdes* (sorianas); *¡Es raro!* (madrileña); y *Maese Pérez el organista* (sevillana).

La leyenda es un género muy propio del romanticismo, que consigue aunar la libertad a la hora de contar, el elemento sobrenatural y las referencias a lo maravilloso. Aunque *Maese Pérez el organista* no es precisamente la más sobrecogedora, sí es la que más expectantes nos mantiene. Además, como los estudiosos de esta leyenda no han encontrado en el folclore sevillano claras noticias de ella, deducen que es toda ella invención de Bécquer.

El interés de esta leyenda es múltiple. Por una parte, es una magistral evocación de la Sevilla de los Siglos de Oro, para la cual se sirve de una vieja demandera que le cuenta a otra quiénes son unos y otros en la sociedad sevillana, con unas prodigiosas expresiones coloquiales.

Por otra parte, resalta su progresión dramática, que culmina en una gran tensión debido a la presencia del espectral organista. Su descubrimiento, por parte de su propia hija, es de los mejores que podemos hallar en las «ghost stories», y el desasosiego queda reflejado en «quise gritar, pero no pude. El hombre aquel había vuelto la cara y me había mirado».

En esta leyenda ocurre algo extraño para este tipo de historias: en el fondo, se desea que aparezca el espectro.

J.J.P.

En Sevilla, en el mismo atrio de Santa Inés, y mientras esperaba a que comenzase la misa del Gallo, oí esta tradición a una demandadera[1] del convento.

Como era natural, después de oírla aguardé impaciente a que comenzara la ceremonia, ansioso de asistir a un prodigio.

Nada menos prodigioso, sin embargo, que el órgano de Santa Inés, ni nada más vulgar que los insulsos motetes con que nos regaló su organista aquella noche.

Al salir de la misa no pude por menos de decirle a la demandadera con aire de burla:

—¿En qué consiste que el órgano de maese Pérez suena ahora tan mal?

—¡Toma —me contestó la vieja—, en que ése no es el suyo!

—¿No es el suyo? ¿Pues qué ha sido de él?

—Se cayó a pedazos de puro viejo hace una porción de años.

—¿Y el alma del organista?

—No ha vuelto a aparecer desde que colocaron el que ahora le sustituye.

---

[1] *demandadera:* es la mujer que en los conventos de monjas hace los encargos que necesita la comunidad fuera de la residencia. Suele ser vieja y amiga de entretenerse contando historias que tienen poco crédito.

Si a alguno de mis lectores se le ocurriese hacerme la misma pregunta después de leer esta historia, ya sabe el por qué no se ha continuado el milagroso portento hasta nuestros días.

I

—¿Veis ése de la capa roja y la pluma blanca en el fieltro, que parece que trae sobre su justillo todo el oro de los galeones de Indias? ¿Aquél que baja en este momento de su litera para dar la mano a esa otra señora que, después de dejar la suya, se adelanta hacia aquí, precedida de cuatro pajes con hachas? Pues ése es el marqués de Moscosso, galán de la condesa viuda de Villapineda. Se dice que antes de poner sus ojos sobre esta dama había pedido en matrimonio a la hija de un opulento señor, mas el padre de la doncella, de quien se murmura que es un poco avaro... Pero, ¡calle!, en hablando del ruin de Roma, cátale aquí que asoma. ¿Veis aquel que viene por debajo del arco de San Felipe, a pie, embozado en una capa oscura y precedido de un solo criado con una linterna? Ahora llega frente al retablo.

¿Reparásteis, al desembozarse para saludar a la imagen, en la encomienda que brilla en su pecho? A no ser por ese noble distintivo, cualquiera le creería un lonjista de la calle de Culebras... Pues ése es el padre en cuestión. Mirad cómo la gente del pueblo le abre paso y le saluda. Toda Sevilla le conoce por su colosal fortuna. Él solo tiene más ducados de oro en sus arcas que soldados mantiene nuestro señor el rey don Felipe, y con sus galeones podría formar una escuadra suficiente a resistir a la del Gran Turco...

Mirad, mirad ese grupo de señores graves; ésos son los caballeros veinticuatro[2]. ¡Hola, hola! También está aquí el flamencote[3], a quien se dice que no han echado ya el guante los señores de la cruz verde[4] merced a su influjo con los magnates de Madrid... Éste no viene a la iglesia más que a oír música... No, pues si maese Pérez no le arranca con su órgano lágrimas como puños, bien se puede asegurar que no tiene un alma en su armario, sino friyéndose en las calderas de Pedro Botero... ¡Ay vecina! Malo..., malo... Presumo que vamos a tener jarana. Yo me refugio en la iglesia. Pues, por lo que veo, aquí van a andar más de sobra los cintarazos que los *Paternoster.* Mirad, mirad: las gentes del duque de Alcalá doblan la esquina de la plaza de San Pedro, y por el callejón de las Dueñas se me figura que he columbrado[5] a las del de Medina Sidonia. ¿No os lo dije?

Ya se han visto, ya se detienen unos y otros, sin pasar de sus puestos... Los grupos se disuelven... Los ministriles[6], a quienes en estas ocasiones apalean amigos y enemigos, se retiran... Hasta el señor asistente, con su vara y todo, se refugia en el atrio... Y luego dicen que hay justicia. Para los pobres...

---

[2] *caballeros veinticuatro:* regidores del municipio.

[3] *flamencote:* que es de Flandes en los Países Bajos (con el sufijo despectivo *–ote*) y, por tanto, sospechoso de herejía.

[4] *señores de la cruz verde:* los inquisidores que cuidaban de la ortodoxia religiosa.

[5] Se refiere a los bandos que acaudillaban las casas de Alcalá y Medina Sidonia.

[6] *ministriles:* ministros de la justicia, alguaciles o policía que acompañaban al asistente para poner orden en las contiendas callejeras entre los nobles y sus bandos.

Vamos, vamos, ya brillan los broqueles[7] en la oscuridad... ¡Nuestro Señor del Gran Poder nos asista! Ya comienzan los golpes... ¡Vecina, vecina! Aquí..., antes que cierren las puertas. Pero ¡calle! ¿Qué es eso? Aún no han comenzado, cuando lo dejan... ¿Qué resplandor es aquél?... ¡Hachas encendidas! ¡Literas! Es el señor arzobispo.

La Virgen Santísima del Amparo, a quien invocaba ahora mismo con el pensamiento, lo trae en mi ayuda... ¡Ay! ¡Si nadie sabe lo que yo le debo a esta Señora!... ¡Con cuánta usura me paga las candelillas que le enciendo los sábados!... Vedlo qué hermosote está con sus hábitos morados y su birrete rojo... Dios le conserve en su silla tantos siglos como yo deseo de vida para mí. Si no fuera por él, media Sevilla hubiera ya ardido con estas disensiones de los duques. Vedlos, vedlos, los hipocritones, cómo se acercan ambos a la litera del prelado para besarle el anillo... Cómo le siguen y le acompañan confundiéndose con sus familiares. Quién diría que esos dos que parecen tan amigos, si dentro de media hora se encuentran en una calle oscura... Es decir, ¡ellos, ellos!... Líbreme Dios de creerlos cobardes. Buena muestra han dado de sí peleando en algunas ocasiones contra los enemigos de Nuestro Señor... Pero es la verdad que si se buscaran... Y se buscaran con ganas de encontrarse, se encontrarían, poniendo fin de una vez a estas continuas reyertas, en las cuales los que verdaderamente se baten el cobre de firme son sus deudos, sus allegados y su servidumbre.

---

[7] *broqueles:* escudos pequeños.

Pero vamos, vecina, vamos a la iglesia, antes que se ponga de bote en bote..., que algunas noches como ésta suele llenarse de modo que no cabe ni un grano de trigo... Buena ganga tienen las monjas con su organista... ¿Cuándo se ha visto el convento tan favorecido como ahora?... De las otras comunidades puedo decir que le han hecho a maese Pérez proposiciones magníficas. Verdad que nada tiene de extraño, pues hasta el señor arzobispo le ha ofrecido montes de oro por llevarle a la catedral... Pero él, nada... Primero dejaría la vida que abandonar su órgano favorito... ¿No conocéis a maese Pérez? Verdad es que sois nueva en el barrio... Pues es un santo varón, pobre sí, pero limosnero cual no otro... Sin más parientes que su hija ni más amigo que su órgano, pasa su vida entera en velar por la inocencia de la una y componer los registros del otro... ¡Cuidado que el órgano es viejo!... Pues nada; él se da tal maña en arreglarlo y cuidarlo, que suena que es una maravilla. Como que le conoce de tal modo, que a tientas... Porque no sé si os lo he dicho, pero el pobre señor es ciego de nacimiento... ¡Y con qué paciencia lleva su desgracia!... Cuando le preguntan que cuánto daría por ver, responde: «Mucho, pero no tanto como creéis, porque tengo esperanzas». «¿Esperanzas de ver?». «Sí, y muy pronto —añade, sonriendo como un ángel—. Ya cuento setenta y seis años. Por muy larga que sea mi vida, pronto veré a Dios».

¡Pobrecito! Y sí lo verá... porque es humilde como las piedras de la calle, que se dejan pisar de todo el mundo. Siempre dice que no es más que un pobre organista de convento, y puede dar lecciones de solfa al mismo maestro de capilla de la Primada. Como que echó los dientes en el oficio... Su padre tenía la misma profesión que él. Yo no le conocí, pero mi señora madre, que santa gloria haya, dice que le llevaba siempre al órgano consigo para darle a los fuelles. Luego, el muchacho mostró tales disposiciones, que, como era natural, a la muerte de su padre heredó el cargo... ¡Y qué manos tiene! ¡Dios se las bendiga! Merecía que se las llevaran a la calle de Chicharreros y se las engarzasen en oro... Siempre toca bien, siempre; pero en semejante noche como ésta es un prodigio... Él tiene una gran devoción por esta ceremonia de la misa del Gallo, y cuando levantan la Sagrada Forma, al punto y hora de las doce, que es cuando vino al mundo Nuestro Señor Jesucristo..., las voces de su órgano son voces de ángeles...

En fin, ¿para qué tengo de ponderarle lo que esta noche oirá? Baste el ver cómo todo lo más florido de Sevilla, hasta el mismo señor arzobispo, vienen a un humilde convento para escucharle. Y no se crea que sólo la gente sabida y a la que se le alcanza esto de la solfa conocen su mérito, sino que hasta el populacho. Todas esas bandadas que veis llegar con teas encendidas, entonando villancicos con gritos desaforados al compás de los panderos, las sonajas y las zambombas, contra su costumbre, que es la de alborotar las iglesias, callan como muertos cuando pone maese Pérez las manos en el órgano...; y cuando alzan..., cuando alzan no se siente una mosca...: de todos los ojos caen lagrimones tamaños, y al concluir se oye como un suspiro inmenso, que no es otra cosa que la respiración de los circunstantes, contenida mientras dura la música... Pero vamos, vamos; ya han dejado de tocar las campanas, y va a comenzar la misa. Vamos adentro... Para todo el mundo es esta noche Nochebuena, pero para nadie mejor que para nosotros.

Esto diciendo, la buena mujer que había servido de cicerone a su vecina atravesó el atrio del convento de Santa Inés y, codazo en éste, empujón en aquél, se internó en el templo perdiéndose entre la muchedumbre que se agolpaba en la puerta.

II

La iglesia estaba iluminada con una profusión asombrosa. El torrente de luz que se desprendía de los altares para llenar sus ámbitos chispeaba en los ricos joyeles de las damas que, arrodillándose sobre los cojines de terciopelo que tendían los pajes y tomando el libro de oraciones de manos de sus dueñas, vinieron a formar un brillante círculo alrededor de la verja del presbiterio.

Junto a aquella verja, de pie, envueltos en sus capas de color galoneadas de oro, dejando entrever con estudiado descuido las encomiendas rojas y verdes, en la una mano el fieltro, cuyas plumas besaban los tapices; la otra sobre los bruñidos gavilanes[8] del estoque o acariciando el pomo del cincelado puñal, los caballeros veinticuatro, con gran parte de lo mejor de la nobleza sevillana, parecían formar un muro destinado a defender a sus hijas y a sus esposas del contacto con la plebe. Ésta, que se agitaba en el fondo de las naves con un rumor parecido al del mar cuando se alborota, prorrumpió en una aclamación de júbilo, acompañada del discordante sonido de las sonajas y los panderos, al mirar aparecer al arzobispo, el cual, después de sentarse junto al altar mayor, bajo un solio[9] de grana que rodearon

---

[8] *gavilanes:* se llaman así los hierros que en la espada forman la cruz de la empuñadura.

[9] *solio:* asiento con dosel, aquí de color rojo vivo.

sus familiares, echó por tres veces la bendición al pueblo.

Era hora de que comenzase la misa. Transcurrieron, sin embargo, algunos minutos sin que el celebrante apareciese. La multitud comenzaba a rebullirse demostrando su impaciencia; los caballeros cambiaban entre sí algunas palabras a media voz, el arzobispo mandó a la sacristía a uno de sus familiares a inquirir el por qué no comenzaba la ceremonia.

—Maese Pérez se ha puesto malo, muy malo, y será imposible que asista esta noche a la misa de medianoche.

Ésa fue la respuesta del familiar.

La noticia cundió instantáneamente entre la muchedumbre. Pintar el efecto desagradable que causó en todo el mundo sería cosa imposible. Baste decir que comenzó a notarse tal bullicio en el templo, que el asistente se puso de pie y los alguaciles entraron a imponer silencio, confundiéndose entre las apiñadas olas de la multitud.

En aquel momento, un hombre mal trazado, seco, huesudo y bisojo[10] por añadidura, se adelantó hasta el sitio que ocupaba el prelado.

—Maese Pérez está enfermo —dijo—. La ceremonia no puede empezar. Si queréis, yo tocaré el órgano en su ausencia, que ni maese Pérez es el primer organista del mundo, ni a su muerte dejará de usarse este instrumento por falta de inteligentes.

El arzobispo hizo una señal de asentimiento con la cabeza, y ya algunos de los fieles, que conocían a aquel personaje extraño por un organista envi-

---

[10] *bisojo:* bizco.

dioso, enemigo del de Santa Inés, comenzaban a prorrumpir en exclamaciones de disgusto, cuando de improviso se oyó en el atrio un ruido espantoso.

—¡Maese Pérez está aquí!... ¡Maese Pérez está aquí!...

A estas voces de los que estaban apiñados en la puerta, todo el mundo volvió la cara.

Maese Pérez, pálido y desencajado, entraba, en efecto, en la iglesia, conducido en un sillón, que todos disputaban el honor de llevar en sus hombros.

Los preceptos de los doctores, las lágrimas de su hija, nada había sido bastante a detenerle en el lecho.

—No —había dicho—. Ésta es la última, lo conozco. Lo conozco, y no quiero morir sin visitar mi órgano, y esta noche sobre todo, la Nochebuena. Vamos, lo quiero, lo mando. Vamos a la iglesia.

Sus deseos se habían cumplido. Los concurrentes lo subieron en brazos a la tribuna y comenzó la misa. En aquel punto sonaban las doce en el reloj de la catedral.

Pasó el introito, y el evangelio, y el ofertorio, y llegó el instante solemne en que el sacerdote, después de haberla consagrado, toma con la extremidad de sus dedos la Sagrada Forma y comienza a elevarla.

Una nube de incienso que se desenvolvía en ondas azuladas llenó el ámbito de la iglesia. Las campanillas repicaron con un sonido vibrante y maese Pérez puso sus crispadas manos sobre las teclas del órgano.

Las cien voces de sus tubos de metal resonaron en un acorde majestuoso y prolongado, que se perdió poco a poco, como si una ráfaga de aire hubiese arrebatado sus últimos ecos.

A este primer acorde, que parecía una voz que se elevaba desde la tierra al cielo, respondió otro lejano y suave, que fue creciendo, creciendo, hasta convertirse en un torrente de atronadora armonía. Era la voz de los ángeles que, atravesando los espacios, llegaba al mundo.

Después comenzaron a oírse como unos himnos distantes que entonaban las jerarquías de serafines. Mil himnos a la vez, que al confundirse formaban uno solo que, no obstante, sólo era el acompañamiento de una extraña melodía, que parecía flotar sobre aquel océano de acordes misteriosos, como un jirón de niebla sobre las olas del mar.

Luego fueron perdiéndose unos cuantos; después, otros. La combinación se simplificaba. Ya no eran más que dos voces, cuyos ecos se confundían entre sí; luego quedó una aislada, sosteniendo una nota brillante como un hilo de luz. El sacerdote inclinó la frente, y por encima de su cabeza cana, y como a través de una gasa azul que fingía el humo del incienso, apareció la hostia a los ojos de los fieles. En aquel instante, la nota, que maese Pérez sostenía tremando se abrió, se abrió, y una explosión de armonía gigante estremeció la iglesia, en cuyos ángulos zumbaba el aire comprimido y cuyos vidrios de colores se estremecían en sus angostos ajimeces[11].

De cada una de las notas que formaban aquel magnífico acorde se desarrolló un tema, y unos cerca, otros lejos, éstos brillantes, aquéllos sordos, diríase

---

[11] *ajimez:* es la ventana adornada por un arco, dentro del cual se sitúan otros, separados por una columna. Es propio del arte árabe, pero también se encuentra en el cristiano.

que las aguas y los pájaros, las brisas y las frondas, los hombres y los ángeles, la tierra y los cielos, cantaban, cada cual en su idioma, un himno al nacimiento del Salvador.

La multitud escuchaba atónita y suspendida. En todos los ojos había una lágrima; en todos los espíritus, un profundo recogimiento.

El sacerdote que oficiaba sentía temblar sus manos, porque Aquél que levantaba en ellas, Aquél a quien saludaban hombres y arcángeles, era su Dios, era su Dios, y le parecía haber visto abrirse los cielos y transfigurarse la hostia.

El órgano proseguía sonando, pero sus voces se apagaban gradualmente, como una voz que se pierde de eco en eco y se aleja y se debilita al alejarse, cuando sonó un grito en la tribuna, un grito desgarrador, agudo, un grito de mujer.

El órgano exhaló un sonido discorde y extraño, semejante a un sollozo, y quedó mudo.

La multitud se agolpó a la escalera de la tribuna, hacia la que, arrancados de su éxtasis religioso, volvieron la mirada con ansiedad todos los fieles.

—¿Qué ha sucedido? ¿Qué pasa? —se decían unos a otros, y nadie sabía responder, y todos se empeñaban en adivinarlo, y crecía la confusión, y el alboroto comenzaba a subir de punto, amenazando turbar el orden y el recogimiento propios de la iglesia.

—¿Qué ha sido eso? —preguntaron las damas al asistente que, precedido de los ministriles, fue uno de los primeros a subir a la tribuna y que, pálido y con muestras de profundo pesar, se dirigía al puesto en donde le esperaba el arzobispo, ansioso, como todos, por saber la causa de aquel desorden.

—¿Qué hay?

—Que maese Pérez acaba de morir.

En efecto, cuando los primeros fieles, después de atropellarse por la escalera, llegaron a la tribuna, vieron al pobre organista caído de boca sobre las teclas de su viejo instrumento, que aún vibraba sordamente, mientras su hija, arrodillada a sus pies, lo llamaba en vano entre suspiros y sollozos.

III

—Buenas noches, mi señora doña Baltasara. ¿También usarced viene esta noche a la misa del Gallo? Por mi parte, tenía hecha intención de irla a oír a la parroquia; pero, lo que sucede... ¿Dónde va Vicente? Donde va la gente. Y eso que, si he de decir la verdad, desde que murió maese Pérez parece que me echan una losa sobre el corazón cuando entro en Santa Inés... ¡Pobrecito! ¡Era un santo!... Yo de mí sé decir que conservo un pedazo de su jubón como una reliquia, y lo merece... Pues en Dios y en mi ánima que si el señor arzobispo tomara mano en ello, es seguro que nuestros nietos le verían en los altares... Mas ¿cómo ha de ser?... A muertos y a idos no hay amigos... Ahora lo que priva es la novedad..., ya me entiende usarced. ¡Qué! ¿No sabe nada de lo que pasa? Verdad que nosotras nos parecemos en eso: de nuestra casita a la iglesia y de la iglesia a nuestra casita, sin cuidarnos de lo que se dice o se deja de decir... Sólo que yo, así..., al vuelo..., una palabra de acá, otra de acullá..., sin ganas de enterarme siquiera, suelo estar al corriente de algunas novedades.

Pues sí, señor. Parece cosa hecha que el organista de San Román, aquel bisojo que siempre está echando pestes de los otros organistas, aquel perdulariote[12], que más parece jifero[13] de la Puerta de la Carne que maestro de solfa, va a tocar esta Nochebuena en lugar de maese Pérez. Ya sabrá usarced, porque esto lo ha sabido todo el mundo y es cosa pública en Sevilla, que nadie quería comprometerse a hacerlo. Ni aun su hija, que es profesora, y después de la muerte de su padre entró en el convento de novicia.

Y era natural: acostumbrados a oír aquellas maravillas, cualquiera otra cosa había de parecernos mala, por más que quisieran evitarse las comparaciones. Pues cuando ya la comunidad había decidido que en honor del difunto, y como muestra de respeto a su memoria, permanecería callado el órgano en esta noche, hete aquí que se presenta nuestro hombre diciendo que él se atreve a tocarle... No hay nada más atrevido que la ignorancia... Cierto que la culpa no es suya, sino de los que le consienten esta profanación. Pero así va el mundo... Y digo... No es cosa la gente que acude... Cualquiera diría que nada ha cambiado de un año a otro. Los mismos personajes, el mismo lujo, los mismos empellones en la puerta, la misma animación en el atrio, la misma multitud en el templo... ¡Ay, si levantara el muerto la cabeza! Se volvía a morir por no oír su órgano tocado por manos semejantes.

Lo que tiene que, si es verdad lo que me han dicho, las gentes del barrio le preparan una buena al

---

[12] *perdulariote:* persona de mal aspecto externo, que viste de manera descuidada; refuerza el sentido del despectivo –*ote*.

[13] *jifero:* trabajador del matadero de reses, sucio y desaliñado.

intruso. Cuando llegue el momento de poner la mano sobre las teclas, va a comenzar una algarabía de sonajas, panderos y zambombas que no haya más que oír... Pero, ¡calle! Ya entra en la iglesia el héroe de la función. ¡Jesús, qué ropilla de colorines, qué gorguera de cañutos, qué aires de personaje! Vamos, vamos, que ya hace rato que llegó el arzobispo y va a comenzar la misa... Vamos, que me parece que esta noche va a darnos que contar para muchos días.

Esto diciendo, la buena mujer, que ya conocen nuestros lectores por sus exabruptos de locuacidad, penetró en Santa Inés, abriéndose, según costumbre, un camino entre la multitud a fuerza de empellones y codazos.

Ya se había dado principio a la ceremonia. El templo estaba tan brillante como el año anterior.

El nuevo organista, después de atravesar por en medio de los fieles que ocupaban las naves para ir a besar el anillo del prelado, había subido a la tribuna, donde tocaba, unos tras otros, los registros del órgano con una gravedad tan afectada como ridícula.

Entre la gente menuda que se apiñaba a los pies de la iglesia se oía un rumor sordo y confuso, cierto presagio de que la tempestad comenzaba a fraguarse y no tardaría mucho en dejarse sentir.

—Es un truhán que, por no hacer nada bien, ni aun mira a derechas —decían los unos.

—Es un ignorantón que, después de haber puesto el órgano de su parroquia peor que una carraca, viene a profanar el de maese Pérez —decían los otros.

Y mientras éste se desembarazaba del capote para prepararse a darle de firme a su pandero, y aquél apercibía sus sonajas, y todos se disponían a hacer bulla a más y mejor, sólo alguno que otro se aventuraba a defender tibiamente al extraño personaje, cuyo porte orgulloso y pedantesco hacía tan notable contraposición con la modesta apariencia y la afable bondad del difunto maese Pérez.

Al fin llegó el esperado momento, el momento solemne en que el sacerdote, después de inclinarse y murmurar algunas palabras santas, tomó la hostia en sus manos... Las campanillas repicaron, semejando su repique una lluvia de notas de cristal. Se elevaron las diáfanas ondas del incienso y sonó el órgano.

Una estruendosa algarabía llenó los ámbitos de la iglesia en aquel instante y ahogó su primer acorde.

Zampoñas, gaitas, sonajas, panderos, todos los instrumentos del populacho alzaron sus discordantes voces a la vez; pero la confusión y el estrépito sólo duró algunos segundos. Todos a la vez, como habían comenzado, enmudecieron de pronto.

El segundo acorde, amplio, valiente, magnífico, se sostenía aún, brotando de los tubos de metal del órgano como una cascada de armonía inagotable y sonora.

Cantos celestes como los que acarician los oídos en los momentos de éxtasis, cantos que percibe el espíritu y no los puede repetir el labio, notas sueltas de una melodía lejana que suenan a intervalos, traídas en las ráfagas del viento; rumor de hojas que se besan en los árboles con un murmullo semejante al de la lluvia, trinos de alondras que se levantan gorjeando de entre las flores como una saeta despedida a las nubes; estruendos sin nombre, imponentes como los rugidos de una tempestad; coros de serafines sin ritmo ni cadencia, ignota música del cielo que sólo la imaginación comprende, himnos alados que parecían remontarse al trono del Señor como un tromba de luz y de sonidos..., todo lo expresaban las cien voces del órgano con más pujanza, con más misteriosa poesía, con más fantástico color que lo habían expresado nunca.

Cuando el organista bajó de la tribuna, la muchedumbre que se agolpó a la escalera fue tanta y tanto su afán por verle y admirarle, que el asistente, temiendo, no sin razón, que le ahogaran entre todos, mandó a algunos de sus ministriles para que, vara en mano, le fueran abriendo camino hasta llegar al altar mayor, donde el prelado le esperaba.

—Ya veis —le dijo este último cuando le trajeron a su presencia—. Vengo desde mi palacio aquí sólo por escucharos. ¿Seréis tan cruel como maese Pérez que nunca quiso excusarme el viaje tocando la Nochebuena en la misa de la catedral?

—El año que viene —respondió el organista— prometo daros gusto, pues por todo el oro de la tierra no volvería a tocar este órgano.

—¿Y por qué? —interrumpió el prelado.

—Porque... —añadió el organista, procurando dominar la emoción que se revelaba en la palidez de su rostro—, porque es viejo y malo, y no puede expresar todo lo que se quiere.

El arzobispo se retiró, seguido de sus familiares. Unas tras otras, las literas de los señores fueron desfilando y perdiéndose en las revueltas de las calles vecinas; los grupos del atrio se disolvieron, dispersándose los fieles en distintas direcciones, y ya la demandadera se disponía a cerrar las puertas de la entrada del atrio, cuando se divisaban aún dos mujeres que después de persignarse y murmurar una oración ante el retablo del arco de San Felipe, prosiguieron su camino, internándose en el callejón de las Dueñas.

—Qué quiere usarced, mi señora doña Baltasara —decía la una—. Yo soy de este genial. Cada loco con su tema... Me lo habían de asegurar capuchinos descalzos y no lo creería del todo... Ese hombre no puede haber tocado lo que acabamos de escuchar... Si yo lo he oído mil veces en San Bartolomé, que era su parroquia, y de donde tuvo que echarle el señor cura por malo, y era cosa de taparse los oídos con algodones... Y luego, si no hay más que mirarle al rostro, que, según dicen, es el espejo del alma... Yo me acuerdo, pobrecito, como si la estuviera viendo, me acuerdo de la cara de maese Pérez cuando, en semejante noche como ésta, bajaba de la tribuna, después de haber suspendido al auditorio con sus primores... ¡Qué sonrisa tan bondadosa, qué color tan animado!... Era viejo y parecía un ángel... No que éste ha bajado las escaleras a trompicones, como si le ladrase un perro en la meseta, y con un olor de difunto y unas... Vamos, mi señora Baltasara, créame usarced, y créame con todas veras: yo sospecho que aquí hay busilis[14].

Comentando las últimas palabras, las dos mujeres doblaban la esquina del callejón y desaparecían.

Creemos inútil decir a nuestros lectores quién era una de ellas.

IV

Había transcurrido un año más. La abadesa del convento de Santa Inés y la hija de maese Pérez hablaban en voz baja, medio ocultas entre las sombras del coro de la iglesia. El esquilón llamaba a voz heri-

---

[14] *busilis:* la parte de difícil solución o entendimiento de un asunto.

da a los fieles desde la torre, y alguna que otra rara persona atravesaba el atrio, silencioso y desierto esta vez, y después de tomar el agua bendita en la puerta, escogía un puesto en un rincón de las naves, donde unos cuantos vecinos del barrio esperaban tranquilamente a que comenzara la misa del Gallo.

—Ya lo veis —decía la superiora—: vuestro temor es sobre manera pueril; nadie hay en el templo; toda Sevilla acude en tropel a la catedral esta noche. Tocad vos el órgano, y tocadle sin desconfianza de ninguna clase; estaremos en comunidad... Pero... proseguís callando, sin que cesen vuestros suspiros. ¿Qué os pasa? ¿Qué tenéis?

—Tengo... miedo —exclamó la joven con un acento profundamente conmovido.

—¡Miedo! ¿De qué?

—No sé..., de una cosa sobrenatural... Anoche, mirad, yo os había oído decir que teníais empeño en que tocase el órgano en la misa y, ufana con esta distinción, pensé arreglar sus registros y templarle, a fin de que hoy os sorprendiese... Vine al coro... sola..., abrí la puerta que conduce a la tribuna... En el reloj de la catedral sonaba en aquel momento una hora... no sé cuál..., pero las campanadas eran tristísimas y muchas..., muchas..., estuvieron sonando todo el tiempo que yo permanecí como clavada en el dintel y aquel tiempo me pareció un siglo.

La iglesia estaba desierta y oscura... Allá lejos, en el fondo, brillaba, como una estrella perdida en el cielo de la noche, una luz moribunda..., la luz de la lámpara que arde en el altar mayor... A sus reflejos debilísimos, que sólo contribuían a hacer más visible todo el profundo horror de las sombras, vi..., lo vi, madre, no lo dudéis; vi un hombre que, en silencio, y vuelto de espaldas hacia el sitio en que yo estaba, recorría con una mano las teclas del órgano, mientras tocaba con la otra a sus registros..., y el órgano sonaba, pero sonaba de una manera indescriptible. Cada una de sus notas parecía un sollozo ahogado dentro del tubo de metal, que vibraba con el aire comprimido en su hueco y reproducía el tono sordo, casi imperceptible, pero justo.

Y el reloj de la catedral continuaba dando la hora, y el hombre aquel proseguía recorriendo las teclas. Yo oía hasta su respiración.

El horror había helado la sangre de mis venas; sentía en mi cuerpo como un frío glacial, y en mis sienes fuego... Entonces quise gritar, pero no pude. El hombre aquel había vuelto la cara y me había mirado...; digo mal, no me había mirado, porque era ciego... ¡Era mi padre!

—¡Bah! Hermana, desechad esas fantasías con que el enemigo malo procura turbar las imaginaciones débiles... Rezad un *Paternoster* y un *Avemaría* al arcángel San Miguel, jefe de las milicias celestiales, para que os asista contra los malos espíritus. Llevad al cuello un escapulario tocado en la reliquia de San Pacomio, abogado contra las tentaciones, y marchad, marchad a ocupar la tribuna del órgano; la misa va a comenzar, y ya esperan con impaciencia los fieles... Vuestro padre está en el cielo, y desde allí, antes que a daros sustos, bajará a inspirar a su hija en esta ceremonia solemne, para el objeto de tan especial devoción.

La priora fue a ocupar su sillón en el coro en medio de la comunidad. La hija de maese Pérez abrió con mano temblorosa la puerta de la tribuna para sentarse en el banquillo del órgano y comenzó la misa.

Comenzó la misa y prosiguió sin que ocurriese nada notable hasta que llegó la consagración. En aquel momento sonó el órgano, y al mismo tiempo que el órgano, un grito de la hija de maese Pérez. La superiora, las monjas y algunos de los fieles corrieron a la tribuna.

—¡Miradle! ¡Miradle! —decía la joven, fijando sus desencajados ojos en el banquillo, de donde se había levantado, asombrada, para agarrarse con sus manos convulsas al barandal de la tribuna.

Todo el mundo fijó sus miradas en aquel punto. El órgano estaba solo, y, no obstante, el órgano seguía sonando...; sonando como sólo los arcángeles podrían imitarle en sus raptos de místico alborozo.

*

—¿No os lo dije yo una y mil veces, mi señora doña Baltasara; no os lo dije yo? ¡Aquí hay busilis! Vedlo. ¡Qué!, ¿no estuvísteis anoche en la misa del Gallo? Pero, en fin, ya sabréis lo que pasó. En toda Sevilla no se habla de otra cosa... el señor arzobispo está hecho, y con razón, una furia... Haber dejado de asistir a Santa Inés, no haber podido presenciar el portento..., ¿y para qué?... Para oír una cencerrada, porque personas que lo oyeron dicen que lo que hizo el dichoso organista de San Bartolomé en la catedral no fue otra cosa... Si lo decía yo. Eso no puede haberlo tocado el bisojo, mentira...; aquí hay busilis, y el busilis era, en efecto, el alma de maese Pérez.

 La litera fantástica

Rudyard Kipling

La litera fantasma

En 1907 se le otorgó a Joseph Rudyard Kipling el Premio Nobel de Literatura «por sus observaciones deliciosas, su original imaginación y el poder descriptivo y facultad de apreciación que caracterizan sus libros mundialmente famosos; tanto que, en su época, era un problema para las imprentas, que apenas podían cumplir con el encargo de más y más ediciones de sus obras».

Kipling fue uno de los escritores ingleses cuyas obras se caracterizaban por la ruptura con lo local –tan de la época victoriana–, la búsqueda de escenarios exóticos, y porque alzaban un canto al esplendor imperialista. La India fue uno de sus escenarios fascinantes y misteriosos, donde cualquier cosa puede ocurrir, por muy sobrenatural o, tal vez, irreal que ésta sea: algunos relatos nos hablan de sus pueblos; otros, como *La litera fantasma* (o fantástica), de la influencia que produjo esta tierra en los ingleses.

La litera fantasma es uno de sus mejores cuentos fantásticos. Lo increíble de este relato es que nos consigue aterrar en un lugar concurrido, y a pleno sol, sin inquietantes sombras, ulular del viento, gélida lluvia, ensordecedores truenos… Kipling dio un paso adelante en la literatura fantástica, y nos recuerda a Edgar Allan Poe por cómo se adentra en lo psicopatológico.

Y aunque abundan los fantasmas de personas, como el de la señora Keith–Wessington y los de sus cuatro jampanies, sus sirvientes, hay quien ve también espectros de cosas, la litera fantasma. Los alucinados o supuestos trastornados por exceso de trabajo, como Jack Pansay, lo ven todo, «la calesa me llenaba alternativamente de horror, de un miedo paralizante, de una suave complacencia y de la desesperación más profunda». Pero, ¿no será realmente presa «de terrores misteriosos»?

J.J.P.

Una de las pocas ventajas que tiene la India comparada con Inglaterra, es la gran facilidad para conocer a las gentes. Después de cinco años de servicio, el hombre menos sociable tiene relaciones directas con doscientos o trescientos empleados civiles de su provincia, con la oficialidad de diez o doce regimientos y baterías y con mil quinientos individuos extraños a la casta de los que cobran sueldo del Estado. A los diez años, sus conocimientos duplicarán las cifras anteriores, y si continúa durante veinte años en el servicio público, estará más o menos ligado con todos los ingleses del Imperio, de tal manera que podrá ir a cualquier parte sin tomar alojamiento en los hoteles.

Los enamorados de la vida errante, que consideran como un derecho vivir en las casas ajenas, han contribuido últimamente a desanimar en cierto grado la disposición hospitalaria del inglés; pero, hoy como ayer, si pertenecéis al *Círculo íntimo* y no sois un *oso* ni una *oveja negra,* se os abrirán de par en par todas las puertas, y encontraréis que este mundo, a pesar de su pequeñez, encierra muchos tesoros de cordialidad y de amistosa ayuda.

Hará quince años, Rickett, de Kamartha, era huésped de Polder, de Kumaon. Su propósito era pasar solamente dos noches en la casa de este; pero, obligado a guardar cama por haber sufrido un ataque de fiebre reumática durante mes y medio, desorganizó la casa, paralizó el trabajo del dueño de ella y estuvo a punto de morir en la alcoba de mi buen amigo.

Polder es tan hospitalario que todavía hoy se cree ligado por una eterna deuda de gratitud con el que le honró alojándose en su casa, y anualmente envía una caja de juguetes y otros obsequios a los hijos de Rickett. El caso no es excepcional, y el hecho se repite en todas partes. Caballeros que no se muerden la lengua para deciros que sois unos animales, y gentiles damas que hacen trizas vuestra reputación, y que no interpretan caritativamente las expansiones de vuestras esposas, son capaces de afanarse noche y día para serviros si tenéis la desdicha de caer postrados por una dolencia o si la suerte os es contraria.

Además de su clientela, el doctor Heatherlegh atendía un hospital explotado por su propia cuenta. Un amigo suyo decía que el establecimiento era un establo para incurables, pero, en realidad, era un tinglado para reparar las máquinas humanas descompuestas por los rigores del clima. La temperatura de la India es, a veces, sofocante, y como hay poca tela que cortar y la que hay debe servir para todo, o, en otros términos, como hay que trabajar más de lo debido y sin que nadie lo agradezca, muchas veces la salud humana se ve más comprometida que el éxito de las metáforas de este párrafo.

No ha habido médico que pueda compararse con Heatherlegh, y su receta invariable a cuantos enfermos le consultan es: «Acostarse, no fatigarse, ponerse al fresco». En su opinión, es tan grande el número de individuos muertos por exceso de trabajo, que la cifra no está justificada por la poca importancia de este mundo.

Sostiene que Pansay, muerto hace tres años en sus brazos, fue víctima de lo mucho que trabajó. En verdad, Heatherlegh tiene derecho para que consideremos sus palabras revestidas de autoridad. Él se ríe de mi explicación, y no cree, como yo, que Pansay tenía una hendidura en la cabeza, y que por esa hendidura se le metió una ráfaga del *Mundo de las sombras*.

—A Pansay —dice Heatherlegh— se le soltó la manija y el aparato dio más vueltas de las debidas, estimulado por el descanso de una prolongada licencia en Inglaterra. Se portaría o no se portaría como un canalla con la señora Keith–Wessington. Para mí, la tarea del establecimiento de Katabundi le sacó de quicio, y creo que para su trastorno mental hizo algo más que un galanteo de los permitidos por la ley. La señorita Mannering fue su prometida, y un día ella renunció a aquella alianza. Le vino a Pansay un resfrío con mucha fiebre, y de allí nació la insensata historieta de los aparecidos. El origen de todo el mal fue el exceso de trabajo. Por el exceso del trabajo anterior prosperó la enfermedad y mató al pobre muchacho. Cuénteselo usted así, tal como yo lo digo, a ese maldito sistema de emplear a un hombre para que desempeñe el trabajo correspondiente a dos y medio.

Yo no creo en esta explicación de Heatherlegh. Muchas veces me quedé a solas con Pansay cuando el médico tenía que atender a otros enfermos, si por azar estaba cerca de la casa. Con voz grave y sin cadencia, el infeliz me atormentaba describiendo la procesión que pasaba constantemente por los pies de su cama.

Impresionaba esa palabra doliente. Cuando se restableció, le dije que debía escribir todo lo acontecido, desde el principio hasta el fin, y se lo dije por creer que su espíritu descansaría haciendo correr la tinta.

Pero, al escribir, estaba muy agitado, y la forma terrorífica que adoptó era poco propicia para la calma que necesitaba ante todo. Dos meses después, fue dado de alta: pero en vez de consagrarse en cuerpo y alma a auxiliar en sus tareas a una comisión sin personal suficiente que impetraba su cooperación, Pansay optó por morir, jurando que era víctima de terrores misteriosos. Antes que él muriera, recogí su manuscrito, en el que consta la versión que dejó de los hechos. Lleva fechas de 1885, y dice así:

I

Mi médico asegura que yo necesito únicamente descanso y cambio de aires. No es poco probable que muy pronto disfrute de ambas cosas. Tendré el descanso que no perturban mensajeros de casaca roja ni la salva de cañones del mediodía. Y tendré también un cambio de aires para el que no será necesario que tome billete en un vapor destinado a Inglaterra. Entre tanto, aquí me quedaré, y contrariando las prescripciones facultativas, haré al mundo entero confidente de mi secreto. Sabréis por vosotros mismos la naturaleza precisa de mi enfermedad, y juzgaréis, de acuerdo con vuestro propio criterio, si es posible concebir tormentos iguales a los que yo he sufrido en este triste mundo.

Hablando como podría hacerlo un criminal sentenciado, antes que se corran los cerrojos de su prisión, pido que, cuando menos, concedáis atención a mi historia, por extravagante y horriblemente improbable que os parezca. No creo en absoluto que se le conceda fe alguna. Yo mismo, hace dos meses, habría declarado loco o perturbado por el alcohol a quien me hubiera contado cosas semejantes. Yo era hace dos meses el hombre más feliz de la India. Hoy no podrá encontrarse uno más infortunado, desde Peshawar hasta la costa. Esto lo sabemos únicamente el médico y yo. Su explicación es que tengo afectadas las funciones cerebrales, las digestivas y hasta las de la visión, aunque muy ligeramente: tales son las causas de mis *ilusiones.* ¡Ilusiones, en verdad! Yo le digo que es un necio, lo que no impide que siga prestándome sus atenciones médicas con la misma sonrisa indulgente, con la misma suavidad profesional y con las mismas patillas azafranadas que peina tan cuidadosamente. En vista de su conducta y de la mía, he comenzado a sospechar que soy un ingrato y un enfermo malhumorado. Pero dejo más el juicio a vuestro criterio.

II

Hace tres años tuve la fortuna —y la gran desgracia, sin duda— de embarcarme en Gravesend para Bombay, después de una licencia muy larga que se me había concedido. Y digo que fue una gran desdicha mi fortuna, porque en el buque venía Inés Keith–Wessington, esposa de un caballero que prestaba sus servicios en Bombay. No tiene el menor interés para vosotros inquirir qué clase de mujer era aquella, y debéis contentaros con saber hoy que, antes que llegáramos al lugar de nuestro destino, ya nos habíamos enamorado locamente el uno del otro. El cielo sabe bien que lo digo sin sombra de vanidad. En esta clase de relaciones, siempre hay uno que se sacrifica y otro que es el sacrificador. Desde el primer momento de nuestra malaventurada unión, yo tuve la conciencia de que Inés sentía una pasión más fuerte, más dominadora y —si se me permite la expresión— más pura que la mía. Yo no sé si ella se daba cuenta del hecho, pero más tarde fue evidente para ambos.

    Llegamos a Bombay en la primavera, y cada cual tomó su camino, sin que volviéramos a vernos hasta que, al cabo de tres o cuatro meses, nos reunieron en Simla una licencia que yo obtuve y el amor de ella para mí. En Simla pasamos la estación, y el humo de pajas que ardía en mi pecho acabó, sin dejar rescoldos, al fin del año. No intento excusarme, ni presento un alegato en mi favor. La señora Wessington había hecho por mí todos los sacrificios imaginables, y estaba dispuesta a seguir adelante. Supo, en agosto de 1882, porque yo se lo dije, que su presencia me hacía daño, que su compañía me fatigaba y que ya no podía tolerar ni el sonido de su voz. El noventa y nueve por ciento de las mujeres hubiera demostrado el mismo desvío, y el setenta y cinco se habría vengado al instante iniciando relaciones galantes con otro. Pero aquella mujer no pertenecía a las setenta y cinco ni a las noventa y nueve; era la *única* del centenar. No producían el menor efecto en ella mi franca aversión ni la brutalidad con que yo engalanaba nuestras entrevistas.

    —Jack, encanto mío.

    Tal era el eterno reclamo de cuclillo con que me asesinaba.

—Hay entre nosotros un error, un horrible desconcierto que es necesario disipar para que vuelva a reinar la armonía. Perdóname, querido Jack, perdóname.

Yo era el de toda la culpa, y lo sabía, por lo que mi piedad se transformaba a veces en una resignación pasiva; pero en otras ocasiones, despertaba en mí un odio ciego; el mismo instinto, a lo que creo, del que pone salvajemente la bota sobre la araña después de medio matarla de un papirotazo. La estación de 1882 acabó llevando yo este odio en mi pecho.

Al año siguiente volvimos a encontrarnos en Simla: ella, con su expresión monótona y sus tímidas tentativas de reconciliación, y yo, con una maldición en cada fibra de mi ser. Muchas veces no tenía valor para quedarme a solas con ella; pero cuando esto acontecía, sus palabras eran una repetición idéntica de las anteriores. Volvía a sus labios el eterno lamento del *error;* volvía la esperanza de que renaciera la *armonía;* tornaba a impetrar mi *perdón*. Si yo hubiera tenido ojos para verla, habría notado que ella sólo vivía alimentada por aquella esperanza. Cada vez aumentaba su palidez y su demacración. Convendréis conmigo en que la situación hubiera exasperado a cualquiera. Lo que ella hacía era antinatural, pueril, indigno de una mujer. Creo que su conducta merecía censura. A veces, en mis negras vigilias de febricitante, ha venido a mi mente la idea de que pude haber sido más afectuoso. Pero esto sí que es *ilusión*. ¿Cómo era posible en lo humano que yo fingiese un amor no sentido? Eso habría sido una deslealtad para ella y aun para mí mismo.

III

Hace un año volvimos a vernos. Todo era exactamente lo mismo que antes. Se repitieron sus imploraciones, cortadas siempre por las frases bruscas que salían de mis labios. Pude, al cabo, persuadirla de que eran insensatas sus tentativas de renovación de nuestras antiguas relaciones. Nos separamos antes que terminara la estación, es decir, hubo dificultades para que nos viéramos, pues yo tenía atenciones de un gran interés, que me embargaban por completo.

Cuando en mi alcoba de enfermo evoco los recuerdos de la estación de 1884, viene a mi espíritu una confusa pesadilla, en la que se mezclan fantásticamente la luz y la sombra. Pienso en mis pretensiones a la mano de la dulce Kitty Mannering; pienso en mis esperanzas, dudas y temores; pienso en nuestros paseos por el campo, en mi declaración de amor y en su respuesta...

De cuando en cuando, me visita la imagen del pálido rostro que pasaba fugitivo en la litera cuyas libreas negras y blancas aguardaba yo con angustia. Y estos recuerdos vienen acompañados del de las despedidas de la señora Wessington, cuando su mano, calzada de guante, hacía el signo de adiós. Tengo presentes nuestras entrevistas, que ya eran muy raras, y su eterno lamento. Yo amaba a Kitty Mannering; la amaba honradamente, con todo mi corazón, y a medida que aumentaba este amor, aumentaba mi odio a Inés.

Llegó el mes de agosto, Kitty era mi prometida. Al día siguiente, movido por un sentimiento pasajero de piedad, me detuve en el sitio más apartado de

Jakko para decírselo todo a la señora Wessington. Ya ella lo sabía.

—Me cuentan que vas a casarte, querido Jack.

Y, sin transición, añadió estas palabras:

—Creo que todo es un error, un error lamentable. Algún día reinará la concordia entre nosotros, como antaño.

Mi respuesta fue tal, que un hombre difícilmente la habría recibido sin parpadear. Fue un latigazo para la moribunda.

—Perdóname, Jack. No me proponía encolerizarte. ¡Pero es verdad, es verdad!

Se dejó dominar por el abatimiento. Yo volví grupas y la dejé para que terminara tranquilamente su paseo, sintiendo en el fondo de mi corazón, aunque sólo por un instante, que mi conducta era la de un miserable. Volví la cara y vi que su litera había cambiado de dirección, sin duda para alcanzarme.

La escena quedó fotografiada en mi memoria con todos sus pormenores y los del sitio en que se desarrolló. Estábamos al final de la estación de lluvias, y el cielo, cuyo azul parecía más limpio después de la tempestad, los tostados y oscuros pinos, el camino fangoso, los negros y agrietados cantiles, formaban un fondo siniestro, en el que destacaban las libreas negras y blancas de los *jampanies*[1] y la amarilla litera, sobre la cual veía yo distintamente la rubia cabeza de la señora Wessington, que se inclinaba tristemente. Llevaba el pañuelo en la mano izquierda y recostaba su

---

[1] *jampanies:* hombre que conduce un *jampán*, que es una silla de manos, llevada en varas de bambú por cuatro hombres. Se aplica en la India a los hombres que arrastran calesines.

cabeza fatigada en los cojines de la litera. Yo lancé mi caballo al galope por un sendero que está cerca del estanque de Sanjowlie, y emprendí literalmente la fuga. Creí oír una débil voz que me llamaba:

—¡Jack!

Debió de haber sido efecto de la imaginación, y no me detuve para inquirir. Diez minutos después encontré a Kitty, que también montaba a caballo, y la delicia de nuestra larga cabalgata borró de mi memoria todo vestigio de la entrevista con Inés.

A la semana siguiente, moría la señora Wessington, y mi vida quedó libre de la inexplicable carga que su existencia significaba para mí. Cuando volví a la llanura me sentí completamente feliz, y antes que transcurrieran tres meses ya no me quedaba un solo recuerdo de la que había desaparecido, salvo tal o cual carta suya que, inesperadamente, hallaba en algún mueble y que me traía una evocación pasajera y penosa de nuestras pasadas relaciones. En el mes de enero procedí a un escrutinio de toda nuestra correspondencia, dispersa en mis gavetas, y quemé cuanto papel quedaba de ella. En abril de este año, que es el de 1885, me hallaba una vez más en Simla, completamente entregado a mis pláticas amorosas y a mis paseos con Kitty. Habíamos resuelto casarnos en los últimos días de junio. Os haréis cargo de que, amando a Kitty como yo la amaba, no es mucho decir que me consideraba entonces el hombre más feliz de la India.

Transcurrieron quince días, y estos quince días pasaron con tanta rapidez, que no me di cuenta de que el tiempo volaba sino cuando ya había quedado atrás. Despertando entonces el sentido de las conveniencias entre mortales, colocados en nuestras circunstancias, le indiqué a Kitty que un anillo era el signo exterior y visible de la dignidad que le correspondía en su carácter de prometida, y que debía ir a la joyería de Hamilton para que tomasen las medidas y comprásemos una sortija de alianza. Juro por mi honor que hasta aquel momento había olvidado en absoluto un asunto tan trivial como el que trataba con Kitty. Fuimos ella y yo a la joyería de Hamilton el 15 de abril de 1885. Recordad y tened en cuenta —diga lo que diga en sentido contrario mi médico— que mi salud era perfecta, que nada perturbaba el equilibrio de mis facultades mentales y que mi espíritu estaba *absolutamente* tranquilo.

Entré con Kitty en la joyería de Hamilton, y sin el menor miramiento a la seriedad de los negocios, yo mismo tomé las medidas de la sortija, lo que fue una gran diversión para el dependiente. La joya era un zafiro con dos diamantes. Después que Kitty se puso el anillo, bajamos los dos a caballo por la cuesta que lleva al puente de Combermere y la pastelería de Peliti.

Mi caballo buscaba cuidadosamente paso seguro por las guijas del arroyo, y Kitty reía y charlaba a mi lado, en tanto que toda Simla, es decir, todos los que habían llegado de las llanuras, se congregaban en la sala de lectura y en la terraza de Peliti; pero en medio de la soledad de la calle oía yo que alguien me llamaba por mi nombre de pila, desde una distancia muy larga. Yo había oído aquella voz, aunque no podía determinar dónde ni cuándo. El corto espacio de tiempo necesario para recorrer el camino que hay entre la joyería de Hamilton y el primer tramo del puente de Combermere había sido suficiente para que yo atribuyese a más de media docena de personas la ocurrencia de llamarme de ese modo, y hasta pensé por un momento que alguien venía cantando a mi oído. Inmediatamente después que hubimos pasado frente a la casa de Peliti, mis ojos fueron atraídos por la vista de cuatro *jampanies* con su librea de *urracas,* que conducían una litera amarilla de las más ordinarias.

Mi espíritu voló en el instante hacia la señora Wessington, y tuve un sentimiento de irritación y disgusto. Si ya aquella mujer había muerto, y su presencia en este mundo no tenía objeto, ¿qué hacían allí aquellos cuatro *jampanies*, con su librea blanca y negra, sino perturbar uno de los días más felices de mi vida? Yo no sabía quién podría emplear a aquellos *jampanies,* pero me informaría y le pediría al amo, como un favor especialísimo, que cambiara la odiosa librea. Yo mismo tomaría para mi servicio a los cuatro portaliteras, y, si era necesario, compararía su ropa, a fin de que se vistieran de otro color. Es imposible describir el torrente de recuerdos ingratos que su presencia evocaba.

—Kitty —exclamé—, mira los cuatro *jampanies* de la señora Wessington. ¿Quién los tendrá a su servicio?

Kitty había conocido muy superficialmente a la señora Wessington en la pasada estación, y se interesó por la pobre Inés, viéndola enferma.

—¿Cómo? ¿En dónde? —preguntó—. Yo no los veo.

Y mientras ella decía estas palabras, su caballo, que se apartaba de una mula con carga, avanzó directamente hacia la litera, que venía en sentido contrario. Apenas tuve tiempo de decir una palabra de aviso, cuando, para horror mío, que no hallo palabras con que expresar, caballo y amazona pasaron *a través* de los hombres y del carricoche, como si aquellos y este hubieran sido de aire vano.

—¿Qué es eso? —exclamó Kitty—. ¿Por qué has dado ese grito de espanto? No quiero que la gente sepa de este modo nuestra próxima boda. Había un espacio ilimitado entre la mula y la terraza del café, y si crees que tengo nociones de equitación... ¡Vamos!

Y la voluntariosa Kitty echó a galopar furiosamente, a toda rienda, hacia el quiosco de la música, creyendo que yo la seguía, como después me lo dijo. ¿Qué había pasado? Nada, en realidad. O yo no estaba en mis cabales, o había en Simla una legión infernal. Refrené mi jaco, que estaba impaciente por correr, y volví grupas. La litera había cambiado de dirección, y se hallaba frente a mí, cerca del barandal de la izquierda del puente de Combermere.

—¡Jack! ¡Jack! ¡Querido Jack!

Era imposible confundir las palabras. Demasiado las conocía, por ser las mismas de siempre. Repercutían dentro de mi cráneo, como si una voz las hubiese pronunciado a mi oído.

—Creo que todo es un error. Un error lamentable. Algún día reinará la concordia entre nosotros, como antaño. Perdóname, Jack.

La caperuza de la litera había caído, y en el asiento estaba Inés Keith–Wessington, con el pañuelo en la mano. La rubia cabeza, de un tono dorado, se inclinaba sobre el pecho. ¡Lo juro por la muerte que invoco, que espero durante el día y que es mi terror en las horas de insomnio!

IV

No sé cuanto tiempo permanecí contemplando aquella imagen. Cuando me di cuenta de mis actos, mi asistente tornaba por la brida el jaco galés, y me preguntaba si estaba enfermo y qué sentía. Pero la distancia entre lo horrible y lo vulgar es muy pequeña. Descendí del caballo y me dirigí al café de Peliti, en donde pedí un cordial con buena cantidad de aguardiente. Había dos o tres parejas en torno a las mesas del café, y se comentaba la crónica local. Las trivialidades que se decían aquellas gentes fueron para mí más consoladoras en aquel momento que la más piadosa de las meditaciones. Me entregué a la conversación, riendo y diciendo despropósitos, con una cara de difunto cuya lividez noté al vérmela casualmente en un espejo. Tres o cuatro personas advirtieron que yo me hallaba en una condición extraña, y atribuyéndola sin duda a una alcoholización inmoderada, procuraron caritativamente apartarme del centro de la tertulia. Pero yo me resistía a partir. Necesitaba a toda costa la presencia de mis semejantes, como el niño que interrumpe una comida ceremoniosa de sus mayores cuando le acomete el terror en un cuarto oscuro. Creo que estaría hablando diez minutos aproximadamente, minutos que me parecieron una eternidad, cuando de pronto oí la clara voz de Kitty, que preguntaba por mí desde fuera. Al saber que yo estaba allí, entró con la manifiesta intención de devolverme la sortija, por la indisculpable falta que acababa de cometer; pero mi aspecto la impresionó profundamente:

—Por Dios, Jack, ¿qué has hecho? ¿Qué ha ocurrido? ¿Estás enfermo?

Obligado a mentir, dije que el sol me había causado un efecto desastroso. Eran las cinco de la tarde de un día nublado de abril, y el sol no había aparecido un solo instante. No bien acabé de pronunciar aquellas torpes palabras comprendía la falta, y quise recogerlas, pero caí de error en error, hasta que Kitty salió, llena de cólera, y yo tras ella, en medio de las sonrisas de todos los conocidos. Inventé una excusa, que ya no recuerdo, y al trote largo de mi galés me dirigí, sin pérdida de momento, hacia el hotel, en tanto que Kitty acababa sola su paseo.

Cuando llegué a mi cuarto, me di a considerar el caso con la mayor calma de que fui capaz. Y he aquí el resultado de mis meditaciones más razonadas. Yo, Teobaldo Juan Pansay, funcionario, de buenos antecedentes académicos, pertenecientes al Servicio Civil de Bengala, encontrándome en el año de gracia de 1885, aparentemente en el uso de mi razón, y en verdad con salud perfecta, era víctima de terrores, que me apartaban del lado de mi prometida, como consecuencia de la aparición de una mujer muerta y sepultada ocho meses antes. Los hechos referidos eran indiscutibles. Nada estaba más lejos de mi pensamiento que el recuerdo de la señora Keith–Wessington cuando Kitty y yo salimos de la joyería de Hamilton, y nada más vulgar que el paredón de la terraza de Peliti. Brillaba la luz del día, el camino estaba animado por la presencia de los transeúntes, y, de pronto, he aquí que, contra toda la ley de probabilidad, y con directa violencia de las disposiciones legales de la Naturaleza, salía de la tumba el rostro de una difunta y se me ponía delante.

El caballo árabe de Kitty pasó *a través* del carricoche, y de este modo desapareció mi primera esperanza de que una mujer maravillosamente parecida a la señora Keith–Wessington hubiese alquilado la litera con los mismos cuatro *coolies*[2]. Una y otra vez di vuelta a esta rueda de mis pensamientos, y una y otra vez, viendo burlada mi esperanza de hallar alguna explicación, me sentí agobiado por la impotencia. La voz era tan inexplicable como la aparición. Al principio había tenido la idea de confiar mis zozobras a Kitty, y de rogarle que nos casáramos al instante para desafiar en sus brazos a la mujer fantástica de la litera.

—Después de todo —decía yo en mi argumentación interna—, la presencia de la litera es por sí misma suficiente para demostrar la existencia de una ilusión espectral. Habrá fantasmas de hombres y de mujeres, pero no de calesines y *coolies*. ¡Imaginad el espectro de un nativo de las colinas! Todo esto es absurdo.

A la mañana siguiente envié una carta *penitencial* a Kitty, implorando de ella que olvidase la extraña conducta observada por mí en la tarde del día anterior. La deidad estaba todavía llena de indignación, y fue necesario ir personalmente a pedir perdón ante el ara. Con la abundante *verba* de una noche dedicada a inventar la más satisfactoria de las falsedades, dije que me había atacado súbitamente una palpitación cardiaca, a causa de una indigestión. Este recurso, eminentemente práctico, produjo el efecto esperado, y por la tarde Kitty y yo volvimos a nuestra cabalgata, con la sombra de mi primera mentira entre su caballo árabe y mi jaco galés.

---

[2] *coolies:* En India, China y Malaca, es todo indígena empleado por los europeos para tareas materiales.

V

Nada le gustaba a Kitty tanto como dar una vuelta en el Jakko. El insomnio había debilitado mis nervios hasta el punto de que apenas me fue dable oponer una resistencia muy débil a su insinuación, y sin gran insistencia propuse que nos dirigiéramos a la colina del Observatorio, a Jutogh, al camino de Boileau, a cualquier parte, en suma, que no fuera la ronda de Jakko. Kitty no sólo estaba indignada, sino ofendida; así, cedí, temiendo provocar otra mala inteligencia, y nos encaminamos hacia la Chota Simla. Avanzamos al paso corto de nuestros caballos durante la primera parte del paseo, y siguiendo nuestra costumbre, a una milla o dos abajo del convento, los hicimos andar a un trote largo, dirigiéndonos hacia el tramo a nivel que está cerca del estanque de Sanjowlie. Los malditos caballos parecían volar, y mi corazón latía precipitadamente cuando coronamos la cuesta. Durante toda la tarde no había dejado de pensar en la señora Wessington, y en cada metro de terreno veía levantarse un recuerdo de nuestros paseos y de nuestras confidencias.

Cada piedra tenía grabada alguna de las viejas memorias; las cantaban los pinos sobre nuestras cabezas; los torrentes henchidos por las lluvias, parecían repetir burlescamente la historia bochornosa; el viento que silbaba en mis oídos iba duplicando con voz robusta el secreto de la iniquidad.

Como un final arreglado artísticamente, a la mitad del camino a nivel, en el tramo que se llama *La milla de las damas,* el horror me aguardaba. No se veía otra litera sino la de los cuatro *jampanies* blanco y negro —la litera amarilla—, y en su interior la rubia cabeza, la cabeza color de oro, exactamente en la actitud que tenía cuando la dejé allí ocho meses y medio antes. Durante un segundo creía que Kitty veía lo que yo estaba viendo, pues la simpatía que nos unió era maravillosa. Pero justamente en aquel momento pronunció algunas palabras que me sacaron de mi ilusión:

—No se ve alma viviente. Ven, Jack, te desafío a una carrera hasta los edificios del estanque.

Su finísimo árabe partió como un pájaro, seguido de mi galés, y pasamos a la carrera bajo los acantilados. En medio minuto llegamos a cincuenta metros de la litera. Yo tiré de la rienda de mi galés y me retrasé un poco. La litera estaba justamente en medio del camino, y una vez más el árabe pasó *a través*, seguido de mi propio caballo.

—Jack, querido Jack. ¡Perdóname, Jack!

Esto decía la voz que hablaba a mi oído. Y siguió su lamento:

—Todo es un error; un error deplorable...

Como un loco clavé los acicates a mi caballo, y cuando llegué a los edificios del estanque volví la cara: el grupo de los cuatro *jampanies*, que parecían cuatro picazas de blanco y negro, aguardaba pacientemente al final de la cuesta gris de la colina... El viento me trajo un eco burlesco de las palabras que acababan de sonar en mis oídos. Kitty no cesó de extrañar el silencio en que caí desde aquel momento, pues hasta entonces había estado muy locuaz y comunicativo.

Ni aun para salvar la vida habría podido entonces decir dos palabras en su lugar, y desde Sanjowlie hasta la iglesia me abstuve prudentemente de pronunciar una sílaba.

VI

Estaba invitado a cenar esa noche en la casa de los Mannering, y apenas tuve tiempo de ir al hotel para vestirme. En el camino de la colina del Elíseo sorprendí la conversación de dos hombres que hablaban en la oscuridad.

—Es curioso —dijo uno de ellos— cómo desapareció completamente toda huella. Usted sabe que mi mujer era una amiga apasionada de aquella señora —en la que, por otra parte, no vi nada excepcional—, y así fue que mi esposa se empeñó en que yo me quedara con la litera y los *coolies,* ya fuera por dinero, ya por halagos. A mí me pareció un capricho de espíritu enfermo, pero mi lema es hacer todo lo que manda la *memsahib.* ¿Creerá usted que el dueño de la litera me dijo que los cuatro *jampanies* —eran cuatro hermanos— murieron del cólera yendo a Hardward —¡pobres diablos!—, y que el dueño hizo pedazos la litera con sus propias manos, pues dice que por nada del mundo usaría la litera de una *memsahib* que haya pasado a mejor vida? Eso es de mal agüero, dice. ¡De mal agüero! ¡Vaya una idea! ¿Concibe usted que la pobre señora de Wessington pudiera ser ave de mal agüero para alguien, excepto para sí misma?

Yo lancé una carcajada al oír esto, y mi manifestación al extemporáneo regocijo vibró en mis propios oídos como una impertinencia.

Pero, en todo caso, ¿era verdad que había literas fantásticas y empleos para los espíritus del otro mundo? ¿Cuánto pagaría la señora Wessington a sus *jampanies* para que vinieran a aparecérseme? ¿Qué arreglo de horas de servicio habrían hecho esas sombras del más allá? ¿Y qué sitio habrían escogido para comenzar y dejar la faena diaria?

No tardé en recibir una respuesta a la última pregunta de mi monólogo. Entre la sombra crepuscular vi que la litera me cerraba el paso. Los muertos caminan muy deprisa y tienen senderos que conocen los *coolies* ordinarios. Volví a lanzar otra carcajada, que contuve súbitamente, impresionado por el temor de haber perdido el juicio. Y he de haber estado loco por lo menos hasta cierto punto; pues refrené el caballo al encontrarme cerca de la litera, y con toda atención di las buenas noches a la señora Wessington. Ella pronunció entonces las palabras que tan conocidas me son. Escuché su lamento hasta el final, y cuando hubo terminado le dije que ya había oído aquello muchas veces y que me encantaría saber de ella algo más, si tenía que decírmelo. Yo creo que algún espíritu maligno, dominándome tiránicamente, se había apoderado de las potencias de mi alma, pues tengo un vago recuerdo de haber hecho una crónica minuciosa de los vulgares acontecimientos del día durante mi entrevista con la dama de la litera, que no duró menos de cinco minutos.

—Está más loco que una cabra, o se bebió todo el aguardiente que había en Simla. ¿Oyes? A ver si lo llevamos a su casa.

La voz que pronunciaba estas palabras no era la de la señora Wessington. Dos transeúntes me habían oído hablar con las musarañas, y se detuvieron para prestarme auxilio. Eran dos personas afables y solícitas, y, por lo que decían, vine en conocimiento de que yo estaba perdidamente borracho. Les di las gracias en términos incoherentes, y seguí mi camino hacia el hotel. Me vestí sin pérdida de momento, pero llegué con diez minutos de retardo a la casa de los Mannering. Me excusé, alegando la oscuridad nocturna; recibí una amorosa reprensión de Kitty por mi falta de formalidad con la que me estaba destinada para esposa, y tomé asiento.

La conversación era ya general, y, a favor del barullo, decía yo algunas palabras de ternura a mi novia, cuando advertí que, en el otro extremo de la mesa, un sujeto de estatura pequeña y de patillas azafranadas describía minuciosamente el encuentro que acababa de tener con un loco. Algunas de sus palabras, muy pocas por cierto, bastaron para persuadirme de que aquel individuo refería lo que me había pasado media hora antes. Bien se veía que el caballero de las patillas era uno de esos especialistas en anécdotas de sobremesa o de café, y que cuanto decía llevaba el fin de despertar el interés de sus oyentes y provocar el aplauso; miraba, pues, en torno suyo para recibir el tributo de la admiración a que se juzgaba acreedor, cuando sus ojos se encontraron de pronto con los míos. Verme y callar, con un extraño azaramiento, fue todo uno. Los comensales se sorprendieron del súbito silencio en que cayó el narrador, y éste, sacrificando una reputación de hombre ingenioso, laboriosamente formada durante seis estaciones consecutivas, dijo que había olvidado el fin del lance, sin que fuese posible sacar una palabra más. Yo lo bendecía desde el fondo de mi corazón, y di fin al salmonete que se me había servido.

La comida terminó, y yo me separé de Kitty con la más profunda pena, pues sabía que el ser fantástico me esperaba en la puerta de los Mannering. Estaba tan seguro de ello como de mi propia existencia. El sujeto de las patillas, que había sido presentado a mí como el doctor Heatherlegh, de Simla, me ofreció su compañía durante el trecho en que nuestros dos caminos coincidían. Yo acepté con sincera gratitud.

El instinto no me había engañado. La litera estaba en el Mallo, con farol encendido, y en la diabólica disposición de tomar cualquier camino que yo emprendiera con mi acompañante. El caballero de las patillas inició la conversación en tales términos, que se veía claramente cuánto le había preocupado el asunto durante la cena.

—Diga usted, Pansay: ¿qué demonios le aconteció a usted hoy en el camino del Elíseo?

Lo inesperado de la pregunta me sacó una respuesta en la que no hubo deliberación por mi parte.

—¡Eso! —dije, y señalaba con el dedo hacia el punto en que estaba la litera.

—*Eso* puede ser *delirium tremens* o alucinación. Vamos al asunto. Usted no ha bebido. No se trata, pues, de un acceso alcohólico. Usted señala hacia un punto en donde no se ve cosa alguna, y veo que suda y tiembla como un potro asustado. Hay algo de lo otro, y yo necesito enterarme. Véngase usted a mi casa. Está en el camino de Blessington.

Para consuelo mío, en vez de aguardarnos, la litera avanzó a veinte metros, y no la alcanzábamos ni al paso, ni al trote, ni al galope. En el curso de aquella larguísima cabalgata, yo referí al doctor casi todo lo que os tengo dicho.

—Por usted se me ha echado a perder una de mis mejores anécdotas —dijo él—; pero yo se lo perdono, en vista de cuanto usted ha sufrido. Vayamos a casa y sométase usted a mis indicaciones. Y cuando vuelva a la salud perfecta de antes, acuérdese, joven amigo mío, de lo que hoy le digo; hay que evitar siempre mujeres y alimentos de difícil digestión. Observe usted esta regla hasta el día de su muerte.

La litera estaba enfrente de nosotros, y las dos patillas azafranadas se reían, celebrando la exacta descripción que yo hacía del sitio en donde se había detenido el calesín fantástico.

—Pansay, Pansay, recuérdelo usted: todo es ojos, cerebro y estómago. Pero el gran regulador es el estómago. Usted tiene un cerebro muy lleno de pretensiones a la dominación, un estómago diminuto y dos ojos que no funcionan bien. Pongamos en orden el estómago, y lo demás vendrá por añadidura. Hay unas píldoras que obran maravillas. Desde este momento, yo voy a encargarme de usted, con exclusión de cualquier otro colega. Usted es un caso clínico demasiado interesante para que yo pase de largo sin someterlo a un estudio minucioso.

Nos cubrían las sombras del camino de Blessington, en su parte más baja, y la litera llegó a un recodo estrecho, dominado por un peñasco cubierto de pinos. Yo, instintivamente, me detuve, y di la razón que tenía para ello. Heatherlegh me interrumpió lanzando un juramento:

—¡Con mil legiones del infierno! ¿Cree usted que voy a quedarme aquí, durante toda una noche, y a enfriarme los huesos, sólo porque un caballero que me acompaña es víctima de una alucinación, en que colaboran el estómago, el cerebro y los ojos? No; mil gracias. Pero ¿qué es eso?

Eso era un sonido sordo, una nube de polvo que nos cegaba, un chasquido, después; la crepitación de las ramas al desgajarse y una masa de pinos desarraigados que caían del peñasco sobre el camino y nos cerraban el paso. Otros árboles fueron también arrancados de raíz, y los vimos tambalearse entre las sombras, como gigantes ebrios, hasta caer en el sitio donde yacían los anteriores, con un estrépito semejante al del trueno. Los caballos estaban sudorosos y paralizados por el miedo. Cuando cesó el derrumbamiento de la enhiesta colina, mi compañero dijo:

—Si no nos hubiéramos detenido, en este instante nos cubriría una capa de tierra y piedras de tres metros de espesor. Habríamos sido muertos y sepultados a la vez. *Hay en los cielos y en la tierra otros prodigios,* como dice Hamlet. ¡A casa, Pansay!, y demos gracias a Dios. Yo necesito un cordial[3].

Volvimos grupas, y tomando por el puente de la iglesia, me encontré en la casa del doctor Heatherlegh, poco después de las doce de la noche.

Sin pérdida de momento, el doctor comenzó a prodigarme sus cuidados y no se apartó de mí durante una semana. Mientras estuve en su casa, tuve ocasión de bendecir mil veces la buena fortuna que me había puesto en contacto con el más sabio y amable de los médicos de Simla. Día por día iban en aumento la lucidez y la ponderación de mi espíritu. Día por día también me sentía yo más inclinado a aceptar la teoría de la

---

[3] *cordial:* bebida que se da a los enfermos para fortalecerlos.

ilusión espectral, producida por obra de los ojos, del cerebro y del estómago. Escribí a Kitty diciéndole que una ligera torcedura, producida por haber caído del caballo, me obligaba a no salir de casa durante algunos días, pero que mi salud estaría completamente restaurada antes que ella tuviese tiempo de extrañar mi ausencia.

El tratamiento de Heatherlegh era sencillo hasta cierto punto. Consistía en píldoras para el hígado, baños fríos y mucho ejercicio de noche o en la madrugada, porque, como él decía muy sabiamente, un hombre que tiene luxado un tobillo no puede caminar doce millas diarias, y menos aún exponerse a que la novia lo vea o crea verlo en el paseo, juzgándolo postrado en cama.

Al terminar la semana, después de un examen atento de la pupila y del pulso, y de indicaciones muy severas sobre la alimentación y el ejercicio a pie, Heatherlegh me despidió tan bruscamente como me había tomado a su cargo. He aquí la bendición que me dio cuando partí:

—Garantizo la curación del espíritu, lo que quiere decir que he curado los males del cuerpo. Recoja usted sus bártulos al instante, y dedique todos sus afanes a la señorita Kitty.

Yo quería darle las gracias por su bondad, pero él interrumpió:

—No tiene usted nada que agradecer. No hice esto por afecto a su persona. Creo que su conducta ha sido infame, pero esto no quita que sea usted un fenómeno, y un fenómeno curioso en el mismo grado que es indigna su conducta de hombre.

Y, deteniendo un movimiento mío, agregó:

—No, ni una rupia. Salga usted, y vea si puede encontrar su fantasma, obra de los ojos, del cerebro y del estómago. Le daré a usted un *lakh*[4] si esa litera vuelve a presentársele.

Media hora después me hallaba yo en el salón de los Mannering al lado de Kitty, ebrio con el licor de la dicha presente, y por la seguridad de que la sombra fatal no volvería a turbar la calma de mi vida. La fuerza de mi nueva situación me dio ánimo para proponer una cabalgata, y para ir de preferencia a la ronda de Jakko. Nunca me había sentido tan bien dispuesto, tan rebosante de vitalidad, tan pletórico de fuerzas, como en aquella tarde del 30 de abril. Kitty estaba encantada de ver mi aspecto, y me expresó su satisfacción con aquella deliciosa franqueza y aquella espontaneidad de palabra que le da tanta seducción. Salimos juntos de la casa de los Mannering, hablando y riendo, y nos dirigimos, como antes, por el camino de Chota.

Yo estaba ansioso de llegar al estanque de Sanjowlie, para que mi seguridad se confirmase en una prueba decisiva. Los caballos trotaban admirablemente; pero yo sentía tal impaciencia, que el camino me pareció interminable. Kitty se mostraba sorprendida de mis ímpetus.

—Jack —dijo al cabo—, pareces un niño. ¿Qué es eso?

Pasábamos por el convento, y yo hacía dar corvetas a mi galés, pasándole por encima la presilla del látigo, para excitarlo con el cosquilleo.

—¿Preguntas qué hago? Nada. Esto y nada más. Si supieras lo que es pasar una semana inmóvil, me comprenderías y me imitarías.

---

[4] *lakh:* 100.000 rupias, o 46.666 libras.

Recité una estrofa que celebra la dicha del vivir, que canta el júbilo de nuestra comunión con la Naturaleza y que invoca a Dios, Señor de cuanto existe y de los cinco sentidos del hombre.

Apenas había yo terminado la cita poética, después de transponer con Kitty el recodo que hay en el ángulo superior del convento, y ya no nos faltaban sino algunos metros para ver el espacio que se abre hasta Sanjowlie, cuando, en el centro del camino, a nivel, aparecieron las cuatro libreas blanco y negro, el calesín amarillo y la señora Keith–Wessington. Yo me erguí, miré, me froté los ojos, y creo que dije algo. Lo único que recuerdo es que, al volver en mí, estaba caído abajo en el centro de la carretera, y que Kitty, de rodillas, se hallaba hecha un mar de lágrimas.

—¿Se ha ido ya? —pregunté anhelosamente.

Kitty se puso a llorar con más amargura.

—¿Se ha ido? No sé lo que dices. Debe de ser un error, un error lamentable.

Al oír estas palabras me puse en pie, loco, rabioso.

—Sí, hay un error, un error lamentable —repetía yo—. ¡Mira, mira hacia allá!

Tengo el recuerdo indistinto de que cogí a Kitty por la muñeca, y de que me la llevé al lugar en donde estaba *aquello*. Y allí imploré a Kitty para que hablase con la sombra, para que le dijese que era ella mi prometida, y que ni la muerte ni las potencias infernales podrían romper el lazo que nos unía. Sólo Kitty sabe cuantas cosas más dije entonces. Una, y otra, y mil veces dirigí apasionadas imprecaciones a la sombra, que se mantenía inmóvil en la litera, rogándole que me dejase libre de aquellas torturas morales. Supongo que en mi exaltación revelé a Kitty los amores que había tenido con la señora Wessington, pues me escuchaba con los ojos dilatados y la faz intensamente pálida.

—Gracias, señor Pansay; ya es bastante.

Y agregó, dirigiéndose a su palafrenero:

—*Syce, ghora lào*.

Los dos *syces*[5], impávidos, como buenos orientales, se habían aproximado con los dos caballos, que se escaparon en el momento de mi caída. Kitty montó, y yo, asiendo por la brida el caballo árabe, imploraba indulgencia y perdón. La única respuesta fue un latigazo que me cruzó la cara desde la boca hasta la frente, y una o dos palabras de adiós que no me atrevo a escribir. Juzgué por lo mismo, y estaba en lo justo, que Kitty se había enterado de todo. Volví, vacilando, hacia la litera. Tenía el rostro ensangrentado y lívido, desfigurado por el latigazo. Moralmente, era yo un despojo humano.

VII

Heatherlegh, que probablemente nos seguía, se dirigió hacia donde yo estaba.

—Doctor —dije, mostrándole mi rostro—, he aquí la firma con que la señorita Mannering ha autorizado mi destitución. Puede usted pagarme el *lakh* de la apuesta cuando lo crea conveniente, pues la ha perdido.

A pesar de la tristísima condición en que yo me encontraba, el gesto que hizo Heatherlegh podía mover a risa.

---

[5] *syces o palafreneros:* mozos de caballos.

—Comprometo mi reputación profesional...
—fueron sus primeras palabras.
Y las interrumpí, diciendo a mi vez:
—Esas son necedades. Ha desaparecido la felicidad de mi vida. Lo mejor que usted puede hacer es llevarme consigo.

El calesín había huido. Pero antes de eso, yo perdí el conocimiento de la vida exterior. El crestón de Jakko se movía como una nube tempestuosa que avanzaba hacia mí.

Una semana más tarde, esto es, el 7 de mayo, supe que me hallaba en la casa de Heatherlegh, tan débil como un niño de tierna edad. Heatherlegh me miraba fijamente desde su escritorio. Las primeras palabras que pronunció no me llevaron a gran consuelo, pero mi agotamiento era tal, que apenas si me sentí conmovido por ellas.

—La señorita Kitty ha enviado las cartas de usted. La correspondencia, a lo que veo, fue muy activa. Hay también un paquete que parece contener una sortija. También venía una cartita muy afectuosa de papá Mannering, que me tomé la libertad de leer y de quemar. Ese caballero no se muestra muy satisfecho de la conducta de usted.

—¿Y Kitty? —pregunté neciamente.

—Juzgo que está todavía más indignada que su padre, según los términos en que se expresa. Ellos me hacen saber igualmente que, antes de mi llegada al sitio de los acontecimientos, usted reveló un buen número de reminiscencias muy curiosas. La señorita Kitty manifiesta que un hombre capaz de hacer lo que usted hizo con la señora Wessington debería levantarse la tapa de los sesos para librar a la especie humana de tener un semejante que la deshonra. Me parece que la damisela es persona más para pantalones que para faldas. Dice también que usted ha de haber llevado almacenada en la caja del cuerpo una cantidad muy considerable de alcohol, cuando el pavimento de la carretera de Jakko se elevó hasta tocar la cara de usted. Por último, jura que antes morirá que volver a cruzar con usted una sola palabra.

Yo di un suspiro y volví la cara al rincón.

—Ahora elija usted, querido amigo. Las relaciones con la señorita Kitty quedan rotas, y la familia Mannering no quiere causarle a usted un daño de trascendencia. ¿Se declara terminado el noviazgo a causa de un ataque de *delirium tremens*, o por ataques de epilepsia? Siento no poder darle a usted otra causa menos desagradable, a no ser que echemos mano al recurso de una locura hereditaria. Diga usted lo que le parezca, y yo me encargo de lo demás. Todo Simla está ya enterado de la escena ocurrida en *La milla de las damas*. Tiene usted cinco minutos para pensarlo.

Creo que durante esos cinco minutos exploré lo más profundo de los círculos infernales, por lo menos lo que es dado al hombre conocer de ellos mientras le cubre una vestidura carnal. Y me era dado, a la vez, contemplar mi azarosa peregrinación por los tenebrosos laberintos de la duda, del desaliento y de la desesperación. Heatherlegh, desde su silla, ha de haberme acompañado en aquella vacilación. Sin darme cuenta exacta de ello, me sorprendí a mí mismo diciendo en voz que con ser mía reconocí difícilmente:

—Me parece que esas personas se muestran muy exigentes en materia de moralidad. Déles usted a todas ellas expresiones afectuosas de mi parte. Y ahora quiero dormir un poco más.

Los dos sujetos que hay en mí se pusieron de acuerdo para reunirse, y conferenciaron; pero el que es medio loco y medio endemoniado siguió agitándose en el lecho y trazando, paso a paso, el *vía crucis* del último mes.

—Estoy en Simla —me repetía a mí mismo—; yo, Jack Pansay, estoy en Simla, y aquí no hay duendes. Es una insensatez de esa mujer decir que los hay. ¿Por qué Inés no me dejó en paz? Yo no le hice daño alguno. Pude haber sido yo la víctima, como lo fue ella. Yo no la maté de propósito. ¿Por qué no se me deja solo..., solo y feliz?

Serían las doce del día cuando desperté, y el sol estaba ya muy cerca del horizonte cuando me dormí. Mi sueño era el del criminal que se duerme en el potro del tormento, más por fatiga que por alivio.

Al día siguiente no pude levantarme. El doctor Heatherlegh me dijo por la mañana que había recibido una respuesta del señor Mannering, y que, gracias a la oficiosa mediación del médico y del amigo, toda la ciudad de Simla me compadecía por el estado de mi salud.

—Como ve usted —agregó con tono jovial—, esto es más de lo que usted merece, aunque en verdad ha pasado una tormenta muy dura. No se desaliente; sanará usted, monstruo de perversidad.

Pero yo sabía que nada de lo que hiciera Heatherlegh aliviaría la carga de mis males.

A la vez que este sentimiento de una fatalidad inexorable, se apoderó de mí un impulso de rebelión desesperada e impotente contra una sentencia injusta.

Había muchos hombres no menos culpables que yo, cuyas faltas, sin embargo, no eran castigadas, o que habían obtenido el aplazamiento de la pena hasta la otra vida. Me parecía, por lo mismo, una iniquidad muy cruel y muy amarga que solo a mí se me hubiese reservado una suerte tan terrible. Esta preocupación estaba destinada a desaparecer, para dar lugar a otra en la que el calesín fantástico y yo éramos las únicas realidades positivas de un mundo poblado de sombras. Según esta nueva concepción, Kitty era un duende; Mannering, Heatherlegh y todas las personas que me rodeaban eran duendes también; las grandes colinas grises de Simla eran sombras vanas formadas para torturarme. Durante siete días mortales fui retrogradando y avanzando en mi salud, con recrudecimientos y mejorías muy notables; pero el cuerpo se robustecía más y más, hasta que el espejo, no ya sólo Heatherlegh, me dijo que compartía la vida animal de los otros hombres. ¡Cosa extraordinaria! En mi rostro no había signo exterior de mis luchas morales. Estaba algo pálido, pero era tan vulgar y tan inexpresivo como siempre. Yo creí que me quedaría alguna alteración permanente, alguna prueba visible de la dolencia que minaba mi ser. Pero nada encontré.

VIII

El día 15 de mayo, a las once de la mañana, salí de la casa de Heatherlegh, y el instinto de la soltería me llevó al círculo. Todo el mundo conocía el percance de Jakko según la versión de Heatherlegh. Se me recibió con atenciones y pruebas de afecto que, en su misma falta de refinamiento, acusaban más aún el exceso de la cordialidad. Sin embargo, pronto advertí que estaba entre la gente, sin formar parte de la sociedad, y que durante el resto de mis días habría de ser un extraño para todos mis semejantes. Envidiaba con la mayor amargura a los *coolies* que reían en el Mallo. Comí en el mismo círculo, y a las cuatro de la tarde bajé al paseo con la vaga esperanza de encontrar a Kitty. Cerca del quiosco de la música se me reunieron las libreas blanco y negro de los cuatro *jampanies*, y oí el conocido lamento de la señora Wessington. Yo lo esperaba por cierto desde que salí, y sólo me extrañaba la tardanza. Seguí por el camino de Chota, llevando la litera fantástica a mi lado. Cerca del bazar, Kitty y un caballero que la acompañaba nos alcanzaron y pasaron delante de la señora Wessington y de mí. Kitty me trató como si yo fuera un perro vagabundo. No acortó siquiera el paso, aunque la tarde lluviosa hubiera justificado una marcha menos rápida. Seguimos, pues, por parejas: Kitty, con su caballero, y yo, con el espectro de mi antiguo amor. Así dimos vueltas por la ronda de Jakko. El camino estaba lleno de baches; los pinos goteaban como canales sobre las rocas; el ambiente se había saturado de humedad. Dos o tres veces oí mi propia voz que decía:

—Yo soy Jack Pansay, con licencia en Simla, *¡en Simla!* Es la Simla de siempre, una Simla concreta. No debo olvidar esto; no debo olvidarlo.

Después procuraba recordar las conversaciones del círculo: los precios que Fulano o Zutano habían pagado por sus caballos; todo, en fin, lo que forma la trama de la existencia cotidiana en el mundo angloindio, para mí tan conocido. Repetía la tabla de multiplicar, para persuadirme de que estaba en mis cabales. La tabla de multiplicar fue para mí un gran consuelo, e impidió tal vez que oyera durante algún tiempo las imprecaciones de la señora Wessington.

Una vez más subí fatigosamente la cuesta del convento, y entré por el camino a nivel. Kitty y el caballero que la acompañaba partieron al trote largo, y yo quedé solo con la señora Wessington.

—Inés —dije—, ¿quieres ordenar que se baje esa capota y explicarme la significación de lo que pasa?

La capota bajó sin ruido, y yo quedé frente a frente de la muerta y sepultada amante. Vestía el mismo traje que le vi la última vez que hablamos, en vida de ella; llevaba en la diestra el mismo pañuelo, y en la otra mano el mismo tarjetero. ¡Una mujer enterrada hacía ocho meses, y con tarjetero! Volví a la tabla de multiplicar, y apoyé ambas manos en la balaustrada del camino, para cerciorarme de que, al menos, los objetos inanimados eran reales.

—Inés —repetí—, dime lo que significa esto.

La señora Wessington inclinó la cabeza, con aquel movimiento tan peculiar y tan rápido que yo bien conocía, y habló.

Si mi narración no hubiera pasado ya todos los límites que el espíritu del hombre asigna a lo que se puede creer, sería el caso de que os presentara una disculpa por esta insensata descripción de la escena. Sé que nadie me creerá —ni Kitty, para quien en cierto modo escribo, con el deseo de justificarme—; así, pues, sigo adelante. La señora Wessington hablaba, según lo tengo dicho, y yo seguía a su lado desde el camino de Sanjowlie hasta el recodo inferior de la casa del comandante general, como hubiera podido ir cualquier jinete, conversando animadamente con una mujer de carne y hueso que pasea en litera. Acababa de apoderarse de mí la segunda de las preocupaciones de mi enfermedad —la que más me torturaba—, y como el príncipe en el poema de Tennyson, «yo vivía en un mundo fantasma». Había habido una fiesta en la casa del comandante general, y nos incorporamos a la muchedumbre que salía de la *garden–party*. Todos los que nos rodeaban eran espectros —sombras impalpables y fantásticas—, y la litera de la señora Wessington pasaba a través de sus cuerpos. Ni puedo decir lo que hablé en aquella entrevista, ni, aún cuando pudiera, me atrevería a repetirlo. ¿Qué habría dicho Heatherlegh? Sin duda, su comentario hubiera sido que yo andaba en amoríos con quimeras creadas por una perturbación de la vista, del cerebro y del estómago. Mi experiencia fue lúgubre, y, sin embargo, por causas indefinibles, su recuerdo es para mí maravillosamente grato. «¿Podría cortejar —pensaba yo—, y en vida aún, a la mujer que había sido asesinada por mi negligencia y mi crueldad?»

Vi a Kitty cuando regresábamos: era una sombra entre sombras.

IX

Si os describiera todos los incidentes de los quince días que siguieron a aquel, mi narración no terminaría, y antes que ella, acabaría vuestra paciencia. Mañana a mañana y tarde a tarde me paseaba yo por Simla y sus alrededores, acompañando a la dama de la litera fantástica. Las cuatro libreas blanco y negro me seguían por todas partes, desde que salía del hotel hasta que entraba de nuevo. En el teatro, veía a mis cuatro *jampanies* mezclados con los otros *jampanies* y dando alaridos con ellos. Si después de jugar al *whist* en el círculo me asomaba a la terraza, allí estaban los *jampanies*. Fui al baile del aniversario, y al salir vi que me aguardaban pacientemente. También me acompañaban cuando en plena luz hacía visitas a mis amistades. La litera parecía de madera y de hierro, y no difería de una litera material sino en que no proyectaba sombra. Más de una vez, sin embargo, he estado a punto de dirigir una advertencia a algún amigo que galopaba velozmente hacia el sitio ocupado por la litera. Y más de una vez mi conversación con la señora Wessington ha sorprendido y maravillado a los transeúntes que me veían en el Mallo.

No había transcurrido aún la primera semana de mi salida de casa de Heatherlegh, y ya se había descartado la explicación del ataque, acreditándose en lugar de ella la de una franca locura, según me dijo. Esto no alteró mis hábitos. Visitaba, cabalgaba, cenaba con amigos lo mismo que antes. Nunca como entonces había sentido la pasión de la sociedad. Ansiaba participar de las realidades de la vida, y a la vez sentía una vaga desazón cuando me ausentaba largo rato de mi compañera espectral. Sería imposible reducir a un sistema la descripción de mis estados de alma desde el 15 de mayo a la fecha en que trazo estas líneas.

La calesa me llenaba alternativamente de horror, de un miedo paralizante, de una suave complacencia y de la desesperación más profunda. No tenía valor para salir de Simla, y, sin embargo, sabía que mi estancia en esa ciudad me mataba. Tenía, por lo demás, la certidumbre de que mi destino era morir paulatinamente y por grados, día tras día. Lo único que me inquietaba era pasar cuanto antes mi expiación. Tenía, a veces, un ansia loca de ver a Kitty, y presenciaba sus ultrajantes *flirteos* con mi sucesor, o, para hablar más exactamente, con mis sucesores. El espectáculo me divertía. Estaba Kitty tan fuera de mi vida como yo de la de ella. Durante el paseo diurno yo vagaba en compañía de la señora Wessington, con un sentimiento que se aproximaba al de la felicidad. Pero al llegar la noche dirigía preces fervientes a Dios para que me concediese volver al mundo real que yo conocía. Sobre todas estas manifestaciones flotaba una sensación incierta y sorda de la mezcla de lo visible con lo invisible, tan extraña e inquietante que bastaría por sí sola para cavar la tumba de quien fuese acosado por ella.

27 de agosto.

Heatherlegh ha luchado infatigablemente. Ayer me dijo que era preciso enviar una solicitud de licencia por causa de enfermedad. ¡Hacer peticiones de esta especie fundándolas en que el signatario tiene que librarse de la compañía de un fantasma! ¡El Gobierno querrá, graciosamente, permitir que vaya a Inglaterra uno de sus empleados a quien acompañan de continuo cinco espectros y una litera irreal! La indicación de Heatherlegh provocó una carcajada histérica.

Yo le dije que aguardaría el fin tranquilamente en Simla, y que el fin estaba próximo. Creedme: lo temo tanto, que no hay palabras con que expresar mi angustia. Por la noche, me torturo imaginando las mil formas que puede revestir mi muerte.

¿Moriré decorosamente en mi cama, como cumple a todo caballero inglés, o un día haré la última visita al Mallo, y de allí volará mi alma, desprendida del cuerpo, para no separarse más del lúgubre fantasma? Yo no sé tampoco si en el otro mundo volverá a renacer el amor que ha desaparecido, o si cuando encuentre a Inés me uniré a ella, por toda una eternidad, la cadena de repulsión. Yo no sé si las escenas que dejaron su última impresión en nuestra vida flotarán perpetuamente en la onda del Tiempo. A medida que se aproxima el día de mi muerte, crece más y más en mí la fuerza del horror que siente toda carne a los espíritus de ultratumba. Es más angustioso aún ver cómo bajo la rápida pendiente que me lleva a la región de los muertos, con la mitad de mi ser muerto ya. Compadecedme, y hacedlo siquiera por mi *ilusión;* pues yo bien sé que no creeréis lo que acabo de escribir. Y, sin embargo, si hubo alguien llevado a la muerte por el poder de las tinieblas, ese hombre soy yo.

Y también compadecedla, en justicia. Si hubo alguna mujer muerta por obra de un hombre, esa mujer fue la señora Wessington. Y todavía me falta la última parte de la expiación.

¡Silba y acudiré!

M. R. James

Traducido por Francisco Torres Oliver

¡Silba y acudiré!

A Montague Rhodes James se le conoce actualmente por sus «ghost stories», si bien hizo importantes aportaciones a la arqueología, paleografía, lingüística y filología. Este profesor y director del colegio de Eton, una vez agotado de la investigación y la docencia, escribió cuentos de fantasmas. «No tengo ni mucha experiencia ni mucha perseverancia para escribir cuentos, y me refiero exclusivamente a los de fantasmas, porque de los otros no he intentado escribir jamás» leemos en *Cuentos que he intentado escribir*.

Reunió sus cuentos de fantasmas en cinco volúmenes, siendo el primero «*Ghost Stories of an Antiquary*», publicado en 1904. A esta colección pertenece *¡Silba y acudiré!*, un buen ejemplo de su obra de ficción, sobre la que él mismo comentaba: «Dos ingredientes de la mayor importancia para lograr un buen relato de fantasmas son, a mi entender, la atmósfera y un *crescendo* hábilmente logrado, siendo fundamental dotar a la historia de un cierto grado de realismo».

A estos ingredientes, característicos de la literatura fantástica, M. R. James añade la presentación de los personajes en sus «quehaceres cotidianos, ajenos a todo mal presentimiento y en plena armonía con el mundo que les rodea». Así este autor de increíbles relatos de fantasmas consigue sustituir las «amenazas», las cadenas y los claustrofóbicos castillos por monstruosidades, tan del gusto de H. P. Lovecraft.

Y M. R. James consigue que tengamos miedo en todas partes, hasta en la habitación de un confortable hotel...

J.J.P.

—Supongo que te marcharás pronto, ahora que se han terminado las clases —decía una persona que no interviene en la historia al profesor de Ontografía, poco después de sentarse juntos en una comida que se celebraba en el hospitalario comedor del St. James College.

Era el profesor un hombre joven, pulcro y preciso en sus palabras.

—Mis amigos han hecho que me aficione al golf este curso —dijo—, y quiero ir a la costa del Este, concretamente a Burnstow (apostaría a que lo conoces), a pasar una semana o diez días perfeccionando mi juego. Espero marcharme mañana.

—Hombre, Parkins —dijo el que estaba sentado al otro lado—, si vas a Burnstow me gustaría que echaras una mirada a lo que fue el convento de templarios y me dijeras si merece la pena hacer excavaciones allí este verano.

Como pueden ustedes suponer, el que acababa de hablar era una persona interesada en la arqueología, pero, puesto que sólo aparece en este preámbulo, no hace falta que enumere sus títulos.

—Desde luego —dijo el profesor Parkins—: descríbeme los alrededores del lugar, haré todo lo posible por darte una idea del estado del terreno cuando vuelva, o te escribo, si me dices dónde vas a pasar estos días.

—Gracias, no te molestes. Es que pienso llevar a mi familia hacia esa parte del Long y se me ha ocurrido que, como se han sacado muy pocos planos de los conventos de templarios ingleses, podría aprovechar la ocasión y ocuparme en algo útil los días que no tenga nada que hacer.

El profesor dio un respingo al oír que sacar el plano de un convento podía considerarse algo útil. Su vecino prosiguió:

—El emplazamiento (dudo que las ruinas sobresalgan del suelo) debe de estar actualmente muy cerca de la costa. Como sabes, el mar ha penetrado enormemente a lo largo de toda esa parte del litoral. A juzgar por el mapa, diría que está a unos tres cuartos de milla del Hotel el Globo, al norte del pueblo. ¿Dónde te vas a hospedar?

—Pues en el Hotel el Globo precisamente —dijo Parkins—; tengo ya reservada una habitación allí. Me ha sido imposible conseguir habitación en otro sitio. La mayoría de los hoteles están cerrados en invierno, al parecer, y aun así, me dijeron que la única habitación que tenían disponible es doble, y que no tienen ningún rincón donde guardar la otra cama y demás. De todos modos, necesito una habitación grande porque quiero llevarme algunos libros y trabajar algo; aunque no me hace mucha gracia tener una cama (por no decir las dos) desocupada en lo que va a ser mi despacho, tendré que aguantarme y conformarme por el poco tiempo que voy a estar allí.

—¿Dices que te molesta tener una cama de más en tu habitación, Parkins? —dijo un individuo campechano que estaba sentado enfrente—. Oye, si quieres, puedo irme contigo y ocuparla por unos días, así te hago compañía.

El profesor se estremeció, pero se sobrepuso, y sonrió con afabilidad.

—Naturalmente, Rogers, me gustaría muchísimo. Pero creo que te resultaría aburridísimo. A ti no te gusta el golf, ¿verdad?

—¡No, a Dios gracias!, dijo el impertinente señor Rogers.

—Bueno, pues te advierto que cuando no esté trabajando, lo más seguro es que esté en el campo de golf, por eso digo que te iba a resultar aburrido.

—¡No sé! Conozco a varias personas en ese pueblo, pero, naturalmente, si no quieres que vaya, dímelo, Parkins, no me voy a ofender por eso. La verdad, como siempre nos dices, no ofende.

Efectivamente, Parkins era escrupulosamente cortés y sincero a ultranza. No es de extrañar que a veces el Sr. Rogers, conociéndole como le conocía, se aprovechara de estas dos virtudes. En el pecho de Parkins se entabló una lucha que, durante un momento o dos, le impidió contestar. Transcurrido este intervalo, dijo:

—Bueno, si quieres que te diga la verdad, Rogers, estaba pensando si la habitación será lo bastante amplia para estar cómodamente los dos, y también (pero te advierto que no te habría dicho esto de no haberme presionado tú) si tu presencia no representara un obstáculo para mi trabajo.

Rogers soltó una sonora carcajada.

—¡Muy bien, Parkins! —dijo—. Eso está bien. Prometo no interferir en tu trabajo, no te preocupes por eso. Si no quieres que vaya, no voy, pero creo que sería conveniente que fuera para mantener alejados a los fantasmas —aquí habría podido verse el guiño y el codazo que le dio a su vecino de mesa, a la vez que Parkins se ponía colorado—. Perdóname, Parkins —prosiguió Rogers—, no he debido decir eso. No me acordaba de que te disgusta hablar de estas cuestiones a la ligera.

—Bueno —dijo Parkins—, puesto que has sacado esa cuestión a relucir, te diré con franqueza que *no* me gusta hablar de lo que tú llamas fantasmas. Considero que un hombre de mi posición —prosiguió, elevando un poco la voz— no puede dar la impresión de que cree en todo eso. De sobra sabes, Rogers, o deberías saber, porque nunca he ocultado mi manera de pensar...

—No, desde luego —comentó Rogers *sotto voce*.

—... que la más leve sospecha, la más ligera sombra de concesión a la creencia de que tales cosas pueden existir equivaldría a renunciar a todo lo que considero más sagrado. Pero me parece que no he logrado atraer tu atención.

—Tu *indivisa* atención, como dijo el doctor Blimber —interrumpió Rogers, que parecía hacer verdaderos esfuerzos por expresarse con corrección—. Pero te ruego que me perdones, Parkins; te he interrumpido.

—No, de ningún modo —dijo Parkins—. No sé quién es ese Blimber, puede que no sea de mi época. Pero no tengo nada más que añadir. Estoy seguro de que comprendes lo que quiero decir.

—Sí, sí —se apresuró a decir Rogers—, desde luego. Seguiremos hablando de esto en Burnstow o donde sea.

Si reproduzco el diálogo que antecede es con la intención de mostrar la impresión que me dio a mí de que Parkins tenía el carácter de una vieja: era quisquilloso en sus cosas y carecía por completo del sentido del humor; pero era valiente y sincero en sus convicciones, y digno del mayor respeto. Tanto si el lector ha sacado esta misma conclusión como si no, el carácter de Parkins era éste.

Al día siguiente, Parkins, como era su deseo, había dejado muy lejos el College y llegaba a Burnstow. Le dieron la bienvenida en el Hotel el Globo, se instaló en la habitación doble, de la que ya hemos hablado, y aún tuvo tiempo, antes de irse a dormir, de arreglar su material de trabajo en perfecto orden sobre la amplia mesa que había en la parte de la habitación que formaba mirador, flanqueada en sus tres lados por tres ventanas que daban al mar; es decir, la ventana del centro estaba orientada directamente al mar, y las de la derecha e izquierda dominaban la costa en dirección Norte y Sur respectivamente. Hacia el Sur se veía el pueblo de Burnstow. Hacia el Norte no se veían casas, sino la playa únicamente, y los bajos acantilados que la cercaban. Justo enfrente había un espacio, no muy grande, cubierto de hierba, donde había anclas viejas, cabrestantes y demás; más allá estaba el ancho camino, y después, la orilla del mar. Fuera cual fuese la distancia que hubo al principio del Hotel el Globo al mar, actualmente no había más de sesenta yardas.

Los demás huéspedes del hotel, como es natural, eran también aficionados al golf, y entre ellos había algunos elementos dignos de especial atención. El personaje más llamativo era, quizá, un *ancien militaire,* secretario de un club londinense, el cual poseía una voz increíblemente poderosa y unas opiniones marcadamente protestantes. Y encontró el momento de manifestar lo uno y lo otro con ocasión de unos oficios que celebró el vicario, persona respetable, aunque con cierta tendencia a hacer pintorescas las ceremonias religiosas, cosa contra la que luchaba el militar denodadamente por considerar que se alejaba de la dignidad de la tradición anglicana.

El profesor Parkins, una de cuyas cualidades era el valor, pasó la mayor parte del día siguiente a su llegada en lo que él llamaba mejorar su juego, en compañía del coronel Wilson; por la tarde —y aunque no sé si debido precisamente a sus esfuerzos por mejorar— el humor del coronel se fue volviendo tan agrio que incluso Parkins tembló ante la idea de regresar al hotel en su compañía. Tras una furtiva mirada a aquel mostacho hirsuto y aquel semblante congestionado, decidió que lo más prudente era dejar que el té y el tabaco hicieran su efecto sobre el coronel, antes del inevitable encuentro en la cena.

«Esta tarde regresaré dando un paseo por la playa —se dijo—; sí, así podré ver las ruinas de las que me habló Sydney: todavía queda luz. No sé exactamente por donde caen, desde luego, pero difícil será que no tropiece con ellas».

Debo decir que así sucedió, en el sentido más literal de la palabra, porque al tomar el camino que va del campo de golf a la playa de grava, metió el pie entre unas raíces de aulaga y una enorme piedra, y fue a dar en el suelo. Al levantarse y mirar en torno suyo, vio que se hallaba en un terreno algo accidentado, con pequeñas depresiones y montículos. Al detenerse a examinar esos montículos, descubrió que eran simples bloques formados de piedra y mortero, totalmente cubiertos de hierba. Visto lo cual, dedujo acertadamente que debía ser éste el emplazamiento del convento que había prometido inspeccionar. La pala del excavador vería compensados sus esfuerzos; sin duda quedaban bastantes cimientos, no demasiado profundos, que arrojarían mucha luz a la hora de confeccionar el plano general. Recordó vagamente que los templarios, a quienes había pertenecido este lugar, solían construir sus iglesias redondas, y le pareció que la serie de montículos de su alrededor estaban distribuidos en forma circular. Poca gente es capaz de resistir la tentación de excavar un poco en plan de aficionado cuando visita una provincia alejada de la suya propia, aunque sólo sea por la satisfacción de ver el éxito que habría tenido de haberse dedicado a ello en serio. Nuestro profesor, sin embargo, si bien sintió ese deseo, lo que de veras quería era cumplir con el señor Sydney. Así que contó, con todo cuidado, los pasos que tenía el diámetro del recinto, y anotó las dimensiones en su cuaderno de notas. Luego pasó a inspeccionar una prominencia oblonga situada al Este respecto del centro del círculo, detalle que le hizo pensar que podría tratarse de la base de una plataforma o altar. En uno de los extremos, en el que daba al Norte, faltaba la hierba, que algún niño u otra criatura *ferae naturae* debía de haber arrancado. No estará de más, pensó, quitar un poco de tierra y ver si aparecen restos de albañilería; así que sacó la navaja y empezó a rascar. Y entonces hizo otro pequeño descubrimiento: al rascar, una porción de barro seco se hundió hacia dentro, dejando al descubierto una pequeña cavidad. Encendió dos cerillas, una tras otra, para ver el agujero, pero el viento se las apagó. Golpeando y rascando con la navaja pudo averiguar, sin embargo, que se trataba de un agujero artificial y estaba hecho de albañilería. Tenía forma rectangular, y las paredes laterales, así como la superior y la inferior, si no estaban revocadas de yeso, al menos eran lisas y regulares. Naturalmente, estaba vacío... ¡No! Al sacar la navaja, sonó un ruido metálico en el fondo. Como es natural, cogió el objeto y, al sacarlo a la luz del día, que se estaba desvaneciendo rápidamente, pudo comprobar que era algo artificial también: en sus manos tenía un tubo de unas cuatro pulgadas de largo, y evidentemente databa de muchísimos años.

Parkins se cercioró de que no había nada más en este extraño receptáculo; pero se había hecho demasiado tarde y demasiado oscuro para pensar en seguir investigando. El hallazgo encontrado era tan inesperadamente interesante, que decidió sacrificar a la arqueología un poco más de tiempo, al día siguiente, antes de que anocheciera. Estaba seguro de que el objeto que se había guardado en el bolsillo tenía cierto valor.

Lúgubre y solemne era el paisaje cuando echó una última mirada, antes de regresar. Una desmayada claridad amarillenta permitía ver aún el campo de golf, en el que se divisaban algunas figuras que se encaminaban hacia el edificio del club, así como la achaparrada torre circular, las luces del pueblo de Aldsey, la pálida franja arenosa, intersectada de trecho en trecho por los muros de contención de ennegrecida madera y escasa altura, y el mar oscuro y rumoroso. El crudo viento soplaba del Norte, pero luego lo notó a su espalda, cuando iba de camino al

Hotel el Globo. Aligeró el paso al cruzar por la crujiente grava, y llegó a la arena, desde donde el paseo, pese a los bajos muros de contención que tenía que ir saltando de cuando en cuando, se hizo agradable y tranquilo. Al mirar hacia atrás una última vez para calcular la distancia que había recorrido desde las ruinas del convento de templarios, vio venir a alguien más en su misma dirección: era una figura más bien confusa, la cual parecía hacer grandes esfuerzos por alcanzarle, aunque avanzaba muy poco, si es que avanzaba en realidad. Quiero decir que parecía que corría, a juzgar por sus movimientos, pero la distancia que la separaba de Parkins era siempre la misma. Al menos eso fue lo que le pareció a él, y convencido como estaba de que no le conocía, consideró que no tenía sentido esperar a que le alcanzara. Con todo, empezaba a pensar que no habría sido mala idea ir acompañado por esta playa solitaria, de haber podido uno elegir compañía. De niño había leído casos de encuentros por parajes como éste, en los que ni aun ahora podía pensar serenamente. No obstante, no logró apartarlos de su imaginación hasta que llegó a la posada; había uno, sobre todo, que suele impresionar a la mayoría de las personas en determinada etapa de su niñez: «Entonces soñé que Christian, al echar a andar, vio que un demonio repugnante cruzaba el campo y se dirigía a su encuentro». «¿Qué haría yo ahora —pensó— si al volverme para atrás divisara una figura negra recortándose contra el cielo amarillo, y descubriera que tenía alas y cuernos? Me pregunto si me quedaría donde estoy o echaría a correr. Afortunadamente, el señor que viene allá detrás no es nada de eso, y además parece que está igual de lejos que antes. A este paso no cenará al mismo tiempo que yo. ¡Válgame Dios!, pero si sólo falta un cuarto de hora. ¡Tendré que darme prisa!»

Efectivamente, Parkins tuvo el tiempo justo para cambiarse. Cuando se reunió con el coronel en el comedor, la paz —o cuanto de ella logró recobrar este buen señor— reinaba de nuevo en el pecho del militar. Permaneció en su ánimo también durante la partida de *bridge* que se organizó después de la cena, ya que Parkins era un jugador más que regular. Así que, al retirarse, allá hacia las doce, iba con la sensación de haber pasado una velada muy amena y que, aun cuando se quedara un par de semanas o tres, la vida en El Globo resultaría relativamente agradable, si transcurría siempre así. «Sobre todo —pensó—, si sigo mejorando mi juego».

En el pasillo se encontró con el criado del hotel, quien se detuvo para decirle:

—Perdone el señor, al cepillar su chaqueta, hace un momento, se le ha caído algo del bolsillo. Lo he puesto encima de la cómoda de su habitación; es un trozo de tubo o algo parecido. Muchas gracias, señor. Encima de la cómoda lo tiene, sí, señor. Buenas noches, señor.

El discurso le recordó a Parkins el pequeño descubrimiento que había hecho esa tarde. Lo cogió con gran curiosidad y se acercó a examinarlo junto a la luz de las velas. Era de bronce, según veía ahora, y tenía la misma forma de los modernos silbatos para perros; de hecho, no era, efectivamente, ni más ni menos que un silbato. Se lo llevó a la boca pero estaba completamente obstruido por un pegote de arena fina o de tierra; no consiguió soltarla con unos golpes y tuvo que quitarla con la navaja. Como era muy pulcro, recogió la tierra con un trozo de papel y la tiró por la ventana. Al asomarse, vio que hacía una noche clara y estrellada, y se entretuvo un instante contemplando el mar. Reparó en un paseante retrasado que se había detenido junto a la orilla, enfrente mismo del hotel. Cerró la ventana, extrañado de lo tarde que se retiraba la gente de Burnstow, y cogió el silbato y volvió a examinarlo a la luz. Vaya, pero si tenía signos grabados, ¡y no sólo signos, sino letra también! Lo frotó ligeramente y apareció, perfectamente legible, lo que tenía escrito; aunque el profesor tuvo que confesarse a sí mismo, tras un serio esfuerzo por descifrarlo, que su significado le resultaba tan oscuro como las palabras que se le aparecieron al rey Baltasar en el muro. Había una inscripción en la parte de arriba del silbato, y otra en la de abajo. La primera era así:

```
      F L A
    F U R   B I S
      F L E
```

Y la otra:

卐 QUIS EST ISTE QUI VENIT 卐

«Debería saber lo que significa —pensó—, pero tengo el latín demasiado oxidado. Pensándolo bien, me parece que ni siquiera sé cómo se dice silbato. La frase larga parece bastante fácil. Significa: ¿Quién es éste que viene? Bueno, la mejor manera de averiguarlo es silbarle».

Silbó a manera de prueba y se detuvo de repente, sobresaltado y complacido a la vez, por la nota que había sacado. Daba la sensación de una lejanía infinita y, a pesar de su suavidad, comprendió que debía de haberse oído en varias millas de distancia. Fue un sonido, además, que parecía poseer (como poseen también muchos olores) el don de suscitar imágenes en el cerebro. Por un momento vio con absoluta claridad la escena de un paraje inmenso en la oscuridad de la noche, barrido por un viento frío, en cuyo centro aparecía una figura solitaria; no pudo distinguir lo que hacía. Tal vez habría conseguido ver algo más, de no haberle disipado la visión una repentina ráfaga de viento que azotó los cristales de las ventanas; el hecho fue tan inesperado que le hizo levantar la vista, a tiempo de ver la blancura fugaz de un ala de gaviota batir junto a los cristales.

El sonido del silbato le había dejado fascinado de tal modo que probó otra vez, pero con más firmeza. La nota sonó ligeramente más fuerte, si es que lo fue en realidad, que la vez anterior, pero además le defraudó: no le suscitó visión alguna, como casi había esperado. «Pero ¿qué es esto? ¡Dios mío!, ¡con qué fuerza se ha levantado el viento en pocos minutos! ¡Qué ráfaga más tremenda! ¡Ah!, me lo temía..., me ha apagado las velas. Me va a revolver toda la habitación».

Lo primero era cerrar la ventana. Un segundo después se encontraba Parkins luchando por cerrarla, y tan tremenda era la fuerza del viento, que parecía como si luchara con un individuo corpulento que pretendiera entrar. De pronto disminuyó, y la ventana dio un golpe, y se cerró el pestillo por sí solo. Ahora, lo principal era encender nuevamente las velas y comprobar si había causado algún desaguisado. No, no se veía ningún estropicio, ni había roto ningún cristal de la ventana. Pero el ruido había despertado por lo menos a otro miembro de la casa: se oía andar al coronel de un lado para otro en calcetines, en la habitación de arriba, soltando gruñidos.

Aunque este viento se había levantado súbitamente, no amainó de repente: siguió soplando, gimiendo, arremetiendo contra el edificio; de cuando en cuando dejaba oír lamentos tan lastimeros, como decía Parkins con su usual objetividad, que muy bien pudo llenar de temores a las personas demasiado imaginativas, y aun las que carecían por completo de imaginación, pensó un cuarto de hora después, se habrían sentido más a gusto sin él.

Parkins no sabía seguro si era el viento o la excitación del golf, o sus investigaciones en el convento de templarios lo que le tenía despierto. De todos modos, estuvo con los ojos abiertos lo bastante como para creer (como me ha sucedido a mí muchas veces en situaciones parecidas) que sufría toda clase de trastornos fatales: se dedicó a contar los latidos de su corazón, convencido de que se le iba a parar de un momento a otro, y a concebir las más grandes sospechas en torno a sus pulmones, a su cerebro, a su hígado, etc., sospechas que se disiparían, estaba seguro, con la llegada del nuevo día, pero que entre tanto se negaban a dejarle tranquilo. Encontraba cierto consuelo en saber que había alguien más en la misma situación. Alguien que ocupaba una habitación vecina, sin duda (no era fácil decir de qué lado en medio de la oscuridad), porque se movía y hacía crujir la cama también.

Luego Parkins cerró los ojos y trató de dormir. Entonces su sobreexcitación adoptó una nueva forma: comenzaron a representársele escenas en la imaginación. *Experto crede,* las escenas acuden a uno cuando mantiene los ojos cerrados intentando dormir, y a veces son tan desagradables que se ve obligado a abrir los ojos para disiparlas.

Sin embargo, la experiencia de Parkins a este respecto fue tremendamente desalentadora. La escena representada se repetía con insistencia. Al abrir los ojos, como es natural, desaparecía, pero cuando los cerraba volvía nuevamente a desarrollarse igual que antes, ni más de prisa ni más despacio. Y era la siguiente:

Una gran extensión de playa, una franja arenosa bordeada de grava y cruzada por una serie de negros muros de contención dispuestos perpendicularmente con respecto al agua... La escena era muy parecida, de hecho, a la del paseo de esa misma tarde, pero como no encontraba en ella detalle particular, no le era posible identificarla. Reinaba una luz tenebrosa, y daba la impresión a la vez de tormenta, de noche de finales de invierno, y de fría llovizna. Al principio no se veía a nadie en este paisaje desolado. Luego, a lo lejos, apareció algo; un momento después ese algo se concretó en la figura de un hombre corriendo, saltando, brincando por encima de los muros de contención y volviéndose de cuando en cuando hacia atrás para mirar con inquietud. Cuanto más se acercaba, más parecía que estaba, no ya inquieto, sino terriblemente asustado, aun cuando no se le distinguía la cara. Estaba, además, casi a punto de caer sin fuerzas. Seguía corriendo; cada obstáculo que se le cruzaba parecía salvarlo con más dificultad que el anterior. «¿Podrá saltar el siguiente?», pensó Parkins. «Parece más alto que los otros». Sí, medio trepando, medio arrojándose después desde arriba, subió y cayó como un fardo al otro lado (más cercano del espectador). Allí, junto al muro de contención, como si le fuese imposible levantarse otra vez, se quedó, a cuatro patas, mirando con un gesto de angustiosa ansiedad.

Hasta aquí no se veía causa alguna que provocara el miedo del que corría, pero luego empezó a divisarse a lo lejos, en la playa, el corretear de un bultito fosforescente que se movía con gran agilidad y de manera irregular. A medida que se hacía más grande, se iba perfilando como una figura borrosa, vestida de flotantes ropajes. Tenía algo su manera de moverse que le quitaba a Parkins todo deseo de verla de cerca. Se detenía, alzaba los brazos, se inclinaba sobre la arena, corría después por la playa completamente encorvada, hasta llegar al borde del agua; luego, se enderezaba y reemprendía su persecución a pasmosa velocidad. Por fin, llegó el momento en que el perseguidor empezó a merodear de derecha a izquierda unas cuantas yardas más allá del muro de contención donde yacía oculto el hombre. Tras dos o tres vueltas infructuosas, se detuvo, se enderezó con los brazos en alto, y luego se arrojó hacia la parte delantera del muro de contención.

Al llegar a este punto, Parkins fracasaba siempre en su decisión de mantener los ojos cerrados. Lleno de dudas sobre si sería su cerebro fatigado por el exceso de trabajo, o el humo excesivo y cosas así, lo que le impedía llegar a contemplar la visión, el caso es que al final se resignó a encender la palmatoria, abrir el libro y pasar la noche despierto, cosa que prefería mil veces a verse atormentado por aquel persistente paisaje que, según le parecía a él, sólo podía deberse a una morbosa reflexión del paseo y los pensamientos de ese mismo día.

Al rascar la cerilla y encenderla de pronto, debió asustar a las criaturas de la noche —ratas o lo que fuera—, porque las oyó echar a correr ruidosamente del lado de su cama. «¡Vaya por Dios! ¡Se me ha apagado la cerilla! ¡Qué contrariedad!». Pero la segunda no se apagó, así que encendió la vela y abrió el libro y se concentró en él hasta que, al cabo de muy poco tiempo, cayó vencido por un sueño sano y reparador. Y así fue como, por primera vez en su ordenada y prudente vida, olvidó apagar la vela, y cuando le llamaron a las ocho de la mañana, aún vacilaba una llamita en el hueco de la palmatoria, y sobre la mesita de noche se habían formado lamentables grumos de cera derramada.

Después de desayunar, se encontraba en su habitación terminando de preparar sus cosas de golf –la fortuna le había asignado nuevamente al coronel de compañero–, cuando la camarera llamó otra vez.

—Por favor —dijo—, ¿sería tan amable de decirme si necesita más mantas en su cama, señor?

—¡Ah!, muchas gracias —dijo Parkins—. Sí, tráigame una. Parece que el tiempo ha enfriado bastante.

Un momento después, la camarera estaba de vuelta con la manta.

—¿En qué cama la pongo, señor? —preguntó.

—¿Cómo? Pues en ésta..., en la que dormí anoche —dijo él señalándola.

—¡Ah, sí! Perdone el señor, pero es que nos pareció que se había acostado en las dos; al menos, hemos tenido que hacer las dos esta mañana.

—¿De veras? ¡Pero eso es absurdo! —exclamó Parkins—. Si ni siquiera he tocado esa otra, si no fue para dejar algunas cosas encima. ¿Dice usted que parecía como si alguien hubiese dormido en ella?

—¡Sí, señor! —dijo la criada—. Mire, estaba toda deshecha, con las sábanas revueltas como si alguien hubiera pasado una mala noche, y usted perdone.

—¡Válgame Dios! —dijo Parkins—. Bueno. A lo mejor la he desordenado más de lo que creía al deshacer las maletas. Siento mucho haberlas obligado a trabajar doble, se lo aseguro. A propósito, dentro de poco llegará un amigo mío, un señor de Cambridge, que la ocupará por una noche o dos. Supongo que no habrá ningún inconveniente, ¿verdad?

—Claro que no, señor. Muchas gracias. No pase cuidado, que no lo habrá —dijo la camarera, y se fue corriendo a contárselo a sus compañeras para reírse un rato.

Parkins salió con la firme determinación de mejorar su juego.

Me alegro de poder decir que lo logró hasta tal punto que el coronel, que al principio parecía sentirse algo descontento ante la perspectiva de jugar por segundo día consecutivo en su compañía, se fue volviendo muy comunicativo a medida que avanzaba la mañana, y su voz resonaba por el campo, como hubiera dicho también uno de nuestros poetas de segunda fila, «como la campana mayor de la torre de un monasterio».

—Qué ventarrón tuvimos anoche —dijo—. En mi tierra dirían que alguien estuvo silbando para llamarlo.

—¿De verdad? —exclamó Parkins—. ¿Existen aún supersticiones de ese tipo en su tierra?

—Nada de supersticiones —dijo el coronel—. Esa creencia la tienen en Dinamarca y en Noruega, y también en la costa de Yorkshire, y yo considero que, por lo general, hay siempre un fondo de verdad en lo que son y han sido durante generaciones las creencias de un pueblo. Le toca a usted —algo así fue lo que añadió.

El lector aficionado al golf puede imaginar las digresiones que considere más apropiadas, e intercalarlas en los momentos más adecuados.

Cuando reanudaron la conversación, Parkins dijo con cierta vacilación:

—A propósito de lo que me decía usted hace un momento, coronel, debo manifestarle que mis convicciones a ese respecto son bastante firmes. De hecho, soy un escéptico convencido en lo que se refiere a eso que llaman lo *sobrenatural*.

—¡Cómo! —exclamó el coronel—, ¿pretende decir que no cree en los presagios o en las apariciones o en cosas de esta naturaleza?

—En nada de todo eso —replicó Parkins con firmeza.

—Bueno —dijo el coronel—, pero entonces me parece a mí que, en ese sentido, es usted algo así como un saduceo.

Parkins estuvo a punto de contestarle que, en su opinión, los saduceos fueron las personas más razonables del Antiguo Testamento, pero como no sabía si se les citaba mucho o nada en dicha obra, prefirió reírse ante esta acusación.

—Puede que lo sea —dijo—, pero... ¡A ver, muchacho, dame mi palo!... Perdone un momento, coronel —hubo una corta pausa—. Mire, sobre eso de llamar al viento silbando, permítame que le diga mi teoría. Las leyes que rigen los vientos no son perfectamente conocidas en realidad..., y menos por los pescadores y demás. Vamos a suponer que, en determinadas circunstancias, se ve repetidamente a un hombre o a una mujer de costumbres extravagantes, o a un extranjero, junto a la orilla, a una hora desusada, y se le oye silbar. Poco después se levanta un fortísimo viento; cualquier entendido que sepa observar el cielo o que tenga un barómetro, habría podido predecirlo. Pero las gentes sencillas de un pueblecito pesquero no poseen barómetros y sólo saben cuatro cosas sobre el tiempo. ¿Qué más natural que considerar al personaje extravagante que yo he supuesto como causante del viento, o que él o ella se aferre ávidamente a la fama de poder hacer tal cosa? Bueno, y ahora tomemos el caso del viento de anoche: resulta que yo mismo estuve silbando. Toqué un silbato por dos veces, y el viento pareció levantarse exactamente como si respondiera a mi llamada. Si alguien me hubiese visto...

Su interlocutor empezaba a impacientarse con este discurso, pues me temo que Parkins había adoptado un tono de conferenciante; pero al oír la frase final, el coronel se detuvo.

—¿Silbando dice que estuvo? —exclamó—. ¿Y qué clase de silbato gasta usted? Tire primero.

Hubo una pausa.

—Me estaba preguntando usted por el silbato, coronel. Es muy curioso. Lo llevo aquí..., no, ahora recuerdo que lo he dejado en mi habitación. La verdad es que me lo encontré ayer.

Y entonces Parkins le contó cómo llegó a descubrir el silbato, y al oírlo el coronel, soltó un gruñido y dijo que él, en su lugar, tendría mucho cuidado en utilizar un objeto que había pertenecido a una cuadrilla de papistas, de quienes no se podía saber con seguridad de qué fueron capaces. De este tema, pasó a las exageraciones del vicario, el cual había notificado el domingo anterior que el viernes sería la festividad de Santo Tomás Apóstol, y que habría un servicio a las once en la iglesia. Este y otros detalles por el estilo constituían, a juicio del coronel, un serio fundamento para pensar que el vicario era un papista disfrazado, si es que no era jesuita, y Parkins, que no era capaz de seguir al coronel en este tema, no se mostró en desacuerdo con él. De hecho, pasaron la mañana tan a gusto juntos que ninguno de los dos habló de separarse después de comer.

Por la tarde siguieron jugando bien, o al menos lo bastante bien como para olvidarse de todo, hasta que empezó a oscurecer. Hasta ese momento no se acordó Parkins de su propósito de inspeccionar un poco más el convento; pero tampoco tenía mucha importancia, pensó. Lo mismo daba un día que otro, así que regresaría en compañía del coronel.

Al dar la vuelta a la esquina de la casa, el coronel estuvo a punto de ser derribado por un muchacho que venía a toda velocidad; chocó, pero luego, en vez de reanudar su carrera, se quedó agarrado a él sin aliento. Las primeras palabras que acudieron a la boca del militar fueron de mal humor y reconvención, pero inmediatamente se dio cuenta de que el muchacho casi no podía hablar de lo asustado que estaba. Al principio le fue imposible contestar a las preguntas que le hicieron. Cuando recobró el aliento empezó a llorar, agarrado todavía a las piernas del coronel. Finalmente lograron soltarle, pero siguió lloriqueando.

—¿Qué diablos te ocurre? ¿Qué te ha pasado? ¿Qué has visto? —dijeron los dos hombres.

—¡Ay, lo he visto hacerme señas desde la ventana —gimió el chiquillo—, y me ha asustado!

—¿Qué ventana? —preguntó el furioso coronel—. Vamos, serénate, muchacho.

—La ventana del hotel —dijo el niño.

Parkins se mostró entonces partidario de mandar al niño a su casa, pero el coronel se negó; quería saber exactamente qué había pasado, dijo; era extremadamente peligroso darle un susto de esa naturaleza a un chiquillo, y si lograba averiguar quién era el que andaba gastando esas bromas, le iba a dar su merecido. Y tras una serie de preguntas consiguió poner en claro lo siguiente: el niño había estado jugando en el césped a la entrada de El Globo con otros niños; luego, éstos se habían marchado a sus casas a merendar, e iba él a marcharse también, cuando se le ocurrió mirar hacia la ventana que tenía delante y vio entonces cómo le hacía señas. Aquello parecía una especie de figura vestida de blanco..., pero no pudo verle la cara, le hacía señas, y tenía un aspecto muy raro..., no parecía una persona normal. ¿Había luz en la habitación? No, no se le ocurrió fijarse en eso, aunque creía que no. ¿Qué ventana era? ¿Era en el ático o en el segundo? Era en el segundo..., la del mirador, esa que tenía dos ventanas más pequeñas a los lados.

—Muy bien, muchacho —dijo el coronel, tras unas cuantas preguntas más—. Ahora vete corriendo a tu casa. Seguramente es alguien que ha querido darte un susto. Otra vez, como inglés valiente que eres, le das una pedrada..., bueno no, una pedrada no, vas y se lo dices al camarero, o al señor Simpson, y eso sí, le dices que te lo he dicho yo.

El semblante del niño reflejó las dudas que abrigaba acerca de la atención que se dignaría prestar el señor Simpson a sus quejas, pero el coronel no pareció darse cuenta, y prosiguió:

—Aquí tienes una moneda de seis peniques, digo no, un chelín, y ahora vete a tu casa y no pienses más en eso.

El niño echó a correr, tras haberle dado las gracias lleno de zozobra, y el coronel y Parkins dieron media vuelta y se dirigieron a la parte delantera del hotel con el fin de hacer un reconocimiento de la fachada. Sólo había una ventana que respondía a la descripción que les acababan de dar.

—Bueno, esto es muy extraño —dijo Parkins—; evidentemente, es a mi ventana a la que se refería. ¿Quiere subir un momento conmigo, coronel Wilson? Vamos a ver quién se ha tomado la libertad de entrar en mi habitación.

No tardaron en llegar al pasillo, y Parkins hizo ademán de abrir la puerta. Luego se detuvo y se registró los bolsillos.

—Esto es más serio de lo que creía —observó—. Ahora recuerdo que al salir esta mañana dejé cerrado con llave, y la llave la tengo aquí —dijo, mostrándola en alto—. Así que —prosiguió—, si la servidumbre tiene la costumbre de entrar en las habitaciones de los clientes en ausencia de éstos, sólo me cabe decir que..., bueno, que no me parece correcto, ni mucho menos.

Y sintiéndose un tanto encogido de ánimo, puso toda su atención en abrir la puerta —que, efectivamente, estaba cerrada con llave— y en encender las velas.

—Pues no —dijo—, parece que está todo en su sitio.

—Todo menos su cama —observó el coronel.

—Perdone, pero esa no es la mía —dijo Parkins—. Esa no la utilizo. Pero parece como si alguien hubiera querido gastarme una broma deshaciéndola.

Efectivamente, las sábanas y las mantas estaban revueltas y retorcidas en la más completa confusión. Parkins reflexionó.

—Ya sé lo que ha debido pasar —dijo finalmente—: la desordené yo anoche al abrir mis maletas, y no la han vuelto a hacer desde entonces. Seguramente entraron a arreglarla, y el niño ha visto a las camareras por la ventana. Luego las han debido llamar y han cerrado con llave al marcharse. Sí, seguro que ha sido eso.

—Bueno, llame al timbre y pregúnteles —dijo el coronel, y esta sugerencia le pareció muy práctica a Parkins.

Se presentó la camarera y, resumiendo, declaró que ella había hecho la cama por la mañana estando el señor en la habitación, y desde entonces no había vuelto a entrar. El señor Simpson guardaba las llaves, él era quien podía decirle al señor si había estado alguien.

Era un misterio. Tras una inspección, comprobaron que no faltaba nada de valor, y Parkins reconoció que todos los objetos que tenía sobre la mesa estaban en su sitio, por lo que podía asegurar que nadie los había tocado. Además, ni el señor ni la señora Simpson habían dado el duplicado de la llave a nadie en todo el día. Por otra parte, Parkins, pese a su sagacidad, no logró descubrir en la conducta del patrón, de la patrona ni de la criada, gesto alguno que delatara el menor indicio de culpabilidad. Más bien se inclinaba a creer que el niño había engañado al coronel.

Este último estuvo desusadamente silencioso y pensativo durante toda la cena y el resto de la noche. Cuando se despidió de Parkins para irse a dormir, murmuró de mal humor:

—Si me necesita esta noche, ya sabe dónde me tiene.

—¡Ah, sí!, muchas gracias, coronel, pero no creo que tenga que molestarle. A propósito —añadió—, ¿le he enseñado el silbato del que le hablé? Me parece que no. Mire, es éste.

El coronel se acercó a examinarlo a la luz de la vela.

—¿Ha leído la inscripción? —preguntó Parkins cuando lo tuvo de nuevo en sus manos.

—No, con esta luz no puedo. ¿Qué piensa hacer con él?

—No sé, cuando regrese a Cambridge se lo enseñaré a algún arqueólogo para ver qué piensa, y si considera que tiene valor, lo donaré a algún museo.

—¡Muuu!... —exclamó el coronel—. Bueno, puede que tenga razón. Pero le aseguro que si fuera mío lo tiraría inmediatamente al mar. Ya sé que no sirve de nada discutir; supongo que usted es de los que no creen sino lo que ven. Bien, espero que tenga buenas noches.

Dio media vuelta, dejando a Parkins con la palabra en la boca, y poco después cada uno estaba en su habitación.

Por alguna desdichada razón, las ventanas de la habitación del profesor no tenían ni cortinas ni persianas. La noche anterior no le había dado importancia, pero esta noche era muy probable que la luna, que estaba saliendo, diera más adelante de lleno en su cama y le despertara. Al darse cuenta de este detalle, se sintió enormemente contrariado, pero con ingenio digno de envidia consiguió, valiéndose del riel de la cortina, unos cuantos imperdibles, un bastón de golf y un paraguas, armar una pantalla, la cual, si lograba sostenerse, protegería su cama de la luz de la luna. Poco después se hallaba metido confortablemente en la cama. Y después de leer un buen trozo de cierta obra de envergadura, suficiente para provocar serios deseos de dormir, echó una mirada soñolienta en torno a la habitación, apagó la vela y dejó caer la cabeza sobre la almohada.

Llevaría durmiendo una hora o más, cuando un estrépito repentino le despertó sobresaltado. Inmediatamente comprendió lo que había ocurrido: se había venido abajo la pantalla que tan cuidadosamente había montado, y una luna fría y brillante le daba plenamente en el rostro. Era una verdadera contrariedad. ¿Se sentía capaz de levantarse a reconstruir la pantalla, o podría seguir durmiendo sin tenerse que levantar?

Durante unos minutos permaneció echado, reflexionando sobre qué partido tomar; luego se volvió bruscamente y, con los ojos completamente abiertos, prestó atención conteniendo la respiración. Estaba seguro de haber percibido un movimiento en la cama vacía del otro lado de la habitación. Mañana mandaría quitarla de ahí, porque había ratas o algo parecido que se movía en ella. Ahora estaba todo tranquilo. ¡No! Otra vez empezaba la agitación. Se oían crujidos y sacudidas, pero, evidentemente, eran más fuertes de lo que podía producir cualquier rata.

Me imagino la perplejidad y el horror que debió experimentar el profesor, porque hace unos treinta años tuve yo un sueño en el que pasaba lo mismo; pero tal vez le resulte difícil al lector imaginar lo espantoso que debió de ser descubrir una figura sentada en la cama que él había creído vacía. Abandonó la suya de un salto y echó a correr hacia la ventana, donde tenía su única arma: el palo de golf con el que había confeccionado la pantalla. Pero entonces comprendió que era lo peor que se le había podido ocurrir, porque el personaje de la cama vacía, con un movimiento suave y repentino, se incorporó y se puso en guardia con los brazos extendidos entre las dos camas, delante de la puerta. Parkins se le quedó mirando con aterrada perplejidad. De algún modo, la idea de cruzar por donde estaba la figura y huir por la puerta le pareció irrealizable. No habría sido capaz de rozarla —no sabía por qué—; así que, si pretendía acercársele, estaba dispuesto a arrojarse por la ventana. Durante un momento permaneció en una zona de oscuridad, por lo que Parkins no pudo verle la cara. Luego, empezó a avanzar, inclinándose hacia adelante, por lo que enseguida comprendió Parkins, con horror y alivio a la vez, que estaba ciega, ya que tanteaba el camino extendiendo al azar sus brazos entrapajados. Al dar un paso, descubrió de súbito la cama que Parkins había ocupado, y se lanzó sobre las almohadas con una furia tal que Parkins sintió el más intenso escalofrío de su vida. En escasos segundos comprobó que la cama estaba vacía; entonces se dirigió hacia la ventana, por lo que entró en la zona iluminada, revelando así qué clase de criatura era.

A Parkins le disgusta enormemente que le pregunten sobre este particular; sin embargo, una vez refirió esta escena estando yo presente, y comentó que lo que recuerda sobre todo es su horrible, su intensamente horrible rostro de *trapo arrugado*. No pudo o no quiso contar la expresión que reflejaba el rostro ese; lo cierto es que el miedo que sintió estuvo a punto de hacerle perder la razón.

Pero no tuvo tiempo de observarlo con detalle. Increíblemente veloz, la figura se deslizó hasta el centro de la habitación y, al tantear el aire con los brazos, un pico de sus ropas rozó el rostro de Parkins. No pudo —pese a lo peligroso que sabía que era hacer ruido—, no pudo reprimir un grito de repugnancia, lo que dio instantáneamente una pista a su perseguidor. Saltó sobre Parkins, y éste retrocedió, gritando con todas sus fuerzas, hasta sacar la espalda por la ventana, y entonces el rostro de trapo se abalanzó sobre el suyo. En este instante supremo, como habrán adivinado ya, le llegó la salvación: el coronel irrumpió bruscamente en la habitación a tiempo de ver la horrible escena en la ventana. Al acercarse adonde ellos estaban, sólo quedaba una figura, la de Parkins, que yacía sin conocimiento en el suelo de la habitación; junto a él había un montón informe de sábanas arrugadas.

El coronel Wilson no preguntó nada, pero no dejó entrar a nadie en la habitación, y trasladó a Parkins nuevamente a su cama; luego se envolvió en una manta y se echó a descansar él también en la otra.

Rogers llegó a primera hora de la mañana siguiente, y fue acogido con más entusiasmo de lo que habría sido de haber llegado el día anterior; seguidamente, estuvieron deliberando durante largo rato en la habitación del profesor. Al final salió el coronel del hotel llevando un pequeño objeto entre los dedos índice y pulgar, y lo arrojó en el mar todo lo lejos que le permitió su brazo. Más tarde se vio ascender el humo de una hoguera que habían encendido en la parte de atrás del edificio.

Debo confesar que no recuerdo qué clase de historia contaron a la servidumbre y a los clientes. El profesor se salvó milagrosamente de la sospecha de haber sufrido un *delirium tremens*, y el hotel de la fama de escandaloso.

No es difícil presumir qué le habría ocurrido a Parkins de no haber intervenido a tiempo el coronel. O se habría caído desde la ventana o habría perdido el juicio. Pero lo que no está tan claro es si la criatura que acudió a la llamada del silbato habría hecho algo más que asustar. Parece que no se trataba de un ser material, aparte de las sábanas retorcidas que daban forma a su cuerpo. El coronel, que recordaba un suceso parecido ocurrido en la India, estaba convencido de que si Parkins se hubiera enfrentado con ese ser, habría comprobado que no tenía más poder que el de asustar. En definitiva, dijo, el incidente no hacía sino corroborar la opinión que tenía él de la Iglesia de Roma.

Y no hay nada más que añadir, en realidad; pero, como pueden imaginar, las opiniones del profesor sobre determinadas cuestiones no son ya todo lo firmes que solían ser. Sus nervios, también están destrozados: aún se estremece al ver un sobrepelliz colgando de una puerta, y la visión de un espantapájaros en el campo, algunos atardeceres de finales de invierno, le ha costado más de una noche de insomnio.

Referencias bibliográficas de los autores

Joseph Sheridan Le Fanu (Dublín, 1814-Dublín, 1873). Escritor irlandés que comenzó su carrera literaria en el Dublin University Magazine, revista de la que llegó a ser director. En ella aparecería su primera historia, *The ghost and the Bonesetter* (1838). *The Cock and Anchor* (1845) fue su primera novela.

Al enviudar de Susanna Bennett, en 1858, se volvió tan huidizo que acabó no recibiendo ni a sus amigos, llegando a conocérsele por «El príncipe invisible», encerrado siempre en casa, dedicándose únicamente a leer y a escribir.

Sus mejores obras están incluidas en *In a Glass Darkly* (1872). *Carmilla* y *Tío Silas* son sus obras más conocidas. Varios de sus personajes son, desde que fueron «resucitados» por M. R. James, inolvidables: la vampira Carmilla –antecedente del conde Drácula–, el doctor Martin Hesselius –profundo conocedor de lo sobrenatural–, y el fantasma de la señora Crowl.

Ambrose Bierce (Meighs Country, 1842-México ¿1914?). Escritor estadounidense que destacó como articulista, poeta, ensayista y sobre todo por sus relatos, de los que casi la mitad son fantásticos.

Fue gravemente herido en la Guerra de Secesión, en la batalla de Kenesaw Mountain, lo cual subrayó aún más su agrio carácter, por lo que fue llamado «Better Bierce» (Amargo Bierce). Colaboró en algunos periódicos de San Francisco, destacando en el *Argonaut* y en el *News Letters* por sus mordaces, satíricos y corrosivos artículos. En 1872 se fue a Londres, donde logró ser muy valorado, recopilando fábulas, relatos y epigramas en *Las Delicias del Diablo*, *Telarañas de una Calavera Vacía*, y *Pepitas y polvo de oro extraídos en California*. Tras su regreso, entró en una mala racha, que no le abandonará hasta su muerte: se le agudiza su asma crónico, le abandona su mujer y uno de sus hijos muere en duelo.

Muchas de sus mejores obras (*La muerte de Haloin Frayser*, *Cuentos de soldados y civiles*, *¿Puede ocurrir esto? El Diccionario del Diablo*...) las reunió en una docena de volúmenes antes de viajar a México, en pleno fragor revolucionario, donde se perdió su rastro de forma misteriosa.

Charles Dickens (Portsmouth, 1812–Gad's Hill, Kent, 1870). Escritor británico que gozó de una popularidad extraordinaria, también en Estados Unidos, donde pasó largos años. Sigue siendo, de los clásicos, uno de los más leídos. El éxito le llega con *Los documentos póstumos del club Pickwick* (1836-37), considerada una obra maestra del humor. Después llegarían, entre otras, *Oliver Twist* (1837-38), *Nicholas Nickleby* (1838-39), *La tienda de antigüedades* (1840), *Cuentos de Navidad* (1843-1848), *Historia de dos ciudades* (1859), *Grandes esperanzas* (1860-61)...

Fundó una compañía de teatro (1848-49) y una revista, *Household Words* (1850). *El misterio de Edwin Drood* fue una obra que dejó inconclusa.

Oscar Wilde (Dublín, 1854-París, 1900). Escritor irlandés que cultivó casi todos los géneros literarios: poesía, narrativa, crítica, ensayo, teatro… y hasta en lo epistolar dejó una obra tan inolvidable como *De Profundis* (1897).

Para muchos, el escritor más brillante del siglo XIX, principalmente por su obra teatral *La importancia de llamarse Ernesto* (1895); por su única novela *El retrato de Dorian Gray* (1891), por su poema *La balada de la cárcel de Reading* (1898) o por cuentos como *El fantasma de Canterville* (1891).

Contrajo matrimonio, en 1884, con Constance Lloyd, pero en 1891 inició sus relaciones con Lord Alfred Douglas, las cuales levantaron un gran escándalo; fue condenado a dos años de trabajos forzados. Además de dirigir el periódico *The Woman's World*, publicó *El príncipe feliz* (cuentos, 1888) y estrenó muchas de sus obras teatrales (*El abanico de lady Windermere*, *Un marido ideal*…) antes de acabar viviendo en un modesto hotel de París, cada vez más abandonado y empobrecido. Murió tras ser operado de una otitis aguda.

Gustavo Adolfo Bécquer (Sevilla, 1836-Madrid, 1870). Considerado como el más grande escritor del romanticismo español. Pese a su corta vida, murió a los treinta y cuatro años de edad víctima de su enfermedad crónica, tuberculosis pulmonar, nos dejó una obra imperecedera, que nunca vio publicada en volúmenes.

Su fama se debe, principalmente, a su obra poética: *Rimas*, que escribió a lo largo de su existencia, casi siempre con problemas económicos y con desengaños amorosos. Su obra más importante en prosa es *Leyendas* (1860-65), leyendas que anuncian el modernismo, siendo la mayor parte de carácter fantástico, con un especial contenido sobrenatural.

Otras obras son *Cartas desde mi celda* (1864) y *Cartas literarias a una mujer* (1864). También él, como su madre y uno de sus hermanos, Valeriano, tuvo habilidad para la pintura.

Rudyard Kipling (Bombay, 1865-Londres, 1936). Sigue siendo uno de los escritores británicos más leídos, principalmente por sus novelas: *Capitanes intrépidos* (1887), *Kim* (1901), *Puck de la colina de Pook* (1906)... Se educó en Inglaterra, donde fue enviado en 1871. A los diecisiete años regresó a la India, donde acabaría siendo un brillante periodista para ambas culturas. Fue conocido por el «Cantor del Imperio».

Su obra más importante es *El libro de las tierras vírgenes*, conocido también como *El libro de la selva* (1894), en el que nos relata las aventuras de Mowgli: un niño que, habiendo sido amamantado por una loba, acabará convirtiéndose en un joven que vive en la selva en completa libertad.

Obtuvo el premio Nobel de Literatura en 1907. Su obra póstuma, publicada en 1937, fue *Algo sobre mí mismo*, una autobiografía.

Montague Rhodes James (Goodnestone, Kent, 1862- Eton, 1936). Erudito británico que curiosamente es recordado, más que por sus importantes contribuciones a la arqueología, paleografía o filología, por sus cuentos de fantasmas, los cuales escribía con la única finalidad de entretenerse y asustar a familiares, colegas y amigos.

Es, para muchos, el gran maestro del relato de fantasmas, continuando el camino emprendido por Sheridan Le Fanu, al que tanto admiraba. Reunió treinta y un relatos de fantasmas en *Ghost Stories of an Antiquary* (1904), *More Ghost Stories of an Antiquary* (1911), *A Thin Ghost and Others* (1919), *A Warning to the Curious and Other Ghost Stories* (1925) y *The Collected Ghost Stories of M. R. James* (1931). Para niños, en 1922, escribió una novela corta, *The Five Jars*. Tiene otros tres relatos no incluidos en los mencionados volúmenes.

Índice

Prólogo 7

El fantasma de la señora Crowl.
   Sheridan Le Fanu 11
Una carretera iluminada por la luna.
   Ambrose Bierce 37
El guardavía. Charles Dickens 53
El fantasma de Canterville. Oscar Wilde 75
Maese Pérez el organista.
   Gustavo Adolfo Bécquer 125
La litera fantástica. Rudyard Kipling 147
¡Silba y acudiré!. M.R. James 187

Referencias bibliográficas de los autores 219

~ COLECCIÓN ANTOLOGÍAS ~

ALFAGUARA
SERIE ROJA

ALFAGUARA
SERIE ROJA

~ COLECCIÓN ANTOLOGÍAS ~

~ COLECCIÓN ANTOLOGÍAS ~

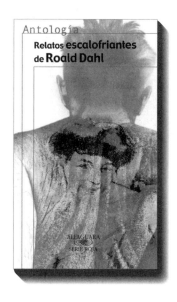

ALFAGUARA
SERIE ROJA

~ COLECCIÓN ANTOLOGÍAS ~

~ COLECCIÓN ANTOLOGÍAS ~

ALFAGUARA
SERIE ROJA

~ COLECCIÓN ANTOLOGÍAS ~

ESTE LIBRO SE TERMINÓ DE IMPRIMIR EN LOS TALLERES GRÁFICOS DE UNIGRAF, S. L., MÓSTOLES (MADRID) EN EL MES DE MARZO DE 2008.